Wunden

Ulla Schacht

Wunden

Eine Familiengeschichte

*Bibliografische Information der Deutschen National-
bibliothek:
Die Deutsche Nationalbibliothek verzeichnet diese
Publikation in der Deutschen Nationalbibliografie; de-
taillierte bibliografische Daten sind im Internet über
http://dnb.dnb.de abrufbar.*

Dank an Birgit und Chris für ihre Hilfe!

© 2017 Ulla Schacht, Bremen

*Herstellung und Verlag: BoD – Books on Demand,
Norderstedt*

ISBN: 978-3-7431-7999-8

1965
Prolog

In der Abflughalle des Flughafens Frankfurt/M. pulsiert hektisches Menschengewimmel. Flüge werden angekündigt, Passagiere aufgerufen. Menschen werden gesucht und hierhin oder dorthin beordert. Kurz bleiben Leute stehen, studieren rasch die Anzeigetafel und überprüfen die Daten des anstehenden Fluges, dann eilen sie weiter. Kinder schreien, Mütter schimpfen. Manchmal ist auch Gelächter zu hören. Überall Geschäftigkeit, Eile, Gerenne. Alltäglichkeit eines Ortes, der sich unaufhörlich in Aufregung befindet.
In all der Unruhe steht ein junges Paar, still in sich vertieft, eng umschlungen.
Die Passagiere des PanAm-Fluges nach New York werden zum ersten Mal aufgefordert, sich zum Abfluggate zu begeben.
Die beiden jungen Leute lösen sich voneinander.
Der Mann, sehr groß, strohblond, schlank, im karierten Hemd, nimmt jetzt beide Hände der jungen Frau und redet beschwörend auf sie ein. Bittend. Tränen laufen ihm übers Gesicht. Sie - kleiner, zierlich, mit dunklen langen Locken, wohl ein südlicher

Typ - schüttelt den Kopf. Auch sie weint. Scheint etwas zu erklären, hebt die Schultern, lächelt.
Dann reden sie nicht mehr. Versinken wieder in einer Umarmung.
Ein neuerlicher Aufruf zu dem Flug nach New York. Die junge Frau löst sich, greift nach dem Geigenkasten, der neben ihr steht, und geht zu den Abfluggates. Sie dreht sich noch einmal um, dann ist sie fort.
Der junge Mann bleibt zurück, erstarrt, bewegungslos.

2014

Clara

Wie lange mochte sie schon hier am Bett sitzen? Clara wusste es nicht.
Ihre Mutter sei aufgewacht, hatte ihr die Klinik telefonisch mitgeteilt. Damit hatte keiner mehr gerechnet. Drei Wochen hatte sie im Koma gelegen, nach einem schweren Schlaganfall.
Endlich schlug die Kranke die Augen auf. Claras Herz machte einen Sprung.
"Michael...such...Michael."
"Was?" Entgeistert starrte Clara auf die Mutter hinunter, die so hilflos und so fremd da in ihrem Bett lag. Es musste für sie eine große Anstrengung gewesen sein, diese beiden Wörter zu formen und aus der Kehle zu bringen.
Jetzt fixierte ein flehender Blick die Tochter. Ein Blick voller Verzweiflung.
Endlich konnte Clara sich aus ihrer Erstarrung lösen.
"Ich - ich soll - Michael. Suchen." Eine Feststellung, keine Frage.

Die Kranke versuchte ein Nicken. Ihre Hände tasteten unruhig. Der Blick blieb auf die Tochter geheftet.

Clara schaffte es zu lächeln. Sanft nahm sie die Linke ihrer Mutter in beide Hände und streichelte sie. Sie nickte. "Ja, Mama. Ich suche Michael. Versprochen."

Die Lippen der Mutter verzerrten sich etwas. Ein Versuch zu lächeln.

Dann war sie wieder eingeschlafen, erschöpft wohl von der Anstrengung. Clara fuhr fort, ihre Hand zu streicheln, unbewusst, abwesend, denn ihre Gedanken versuchten, eine Erinnerung zu fassen. Eine Erinnerung, die der Name in ihrem Gedächtnis geweckt hatte.

Michael...

Natürlich!

Wie ein Schreck durchfuhr es Clara, sie schlug die Hand vor den Mund und atmete tief durch. Ihr Herz klopfte heftig.

Michael. Ihr großer Bruder Michael. Der schon lange, lange aus ihrem Leben verschwunden war, ganz und gar.

Und jetzt - jetzt wollte ihre Mutter, dass sie ihn suchte?

Claras Verwirrung wuchs.

Aber egal. Nach einer Weile bettete sie den Arm der Mutter sacht auf die Bettdecke, flüsterte ein "Tschüss, Mama!" und ging.

Eine halbe Stunde später stand sie am Küchenfenster ihrer Wohnung und starrte hinaus, reglos, die Jacke hatte sie noch an. Die Tasche lag irgendwo am Boden. Es dämmerte, die Straßenlaternen leuchteten erst orange, dann flammten sie hell auf. Gegenüber wurden Fenster hell, dann zog jemand Vorhänge zu.
Clara nahm kaum wahr, was draußen vor sich ging. Ihre Gedanken waren in die Vergangenheit gewandert, vorsichtig, tastend, um auftauchende Bilder nicht zu verschrecken. Sie zog sich einen Stuhl heran und setzte sich.

Michael. Wie alt war sie gewesen, als er verschwand? Drei? Vier? Jetzt war sie Mitte dreißig. Plötzlich schien da eine Szene in ihrem Kopf auf, deutlich, wie ein Ausschnitt aus einem Film:
Sie sitzt in dem kleinen metallenen Schalensitz, gleich hinter dem Lenker von Michaels Fahrrad. Der Wind bläst ihr Haar nach hinten, sie muss die Augen ein bisschen zusammenkneifen. Da oben der einzelne Baum auf dem kahlen Hügel. Ganz dahin-

ten der schwarze Streifen Wald. Michael zeigt dort hin, erklärt etwas. Plötzlich hat sie seine Stimme wieder im Ohr, ganz kurz, und sein Lachen.
Dann eine andere Szene:
Sie rennt auf ihn zu, die Dorfstraße lang, sie rennt und rennt, er wird sie auffangen, das tut er immer, und er wirbelt sie herum bis sie kreischt. Und sie lachen alle beide und können gar nicht mehr aufhören.
Seine dunklen Augen. Die schwarzen Locken. Niemand hat solche Locken wie mein großer Bruder, mein Bruder ist am allerschönsten, verkündet sie stolz. Alle an der Kaffeetafel lachen, warum bloß, Michael grinst, Papa streicht ihr übers Haar und lächelt, Mama macht einen schmalen Mund und sieht ernst aus, wie immer.
Erinnerungsfetzen. Schon vorbeigesegelt, wie Träume, an die man sich nur vage erinnern kann.
Ein kurzes Gefühl von Glücklichsein.

Die Wohnungstür wurde aufgeschlossen. Schlüssel klirrten auf Holz.
"Clara?"
"Hier!", antwortete sie leise. Markus steckte den Kopf durch die Tür. "Im Dunkeln? Soll ich...?"
"Nein."

Er hängte seine Jacke auf und räumte ein paar Einkäufe in den Kühlschrank.
Dann zog er sich ebenfalls einen Stuhl heran und setzte sich ihr gegenüber ans Fenster. Beide schwiegen. Clara starrte hinaus.
Markus sah aufmerksam zu ihr hin. Etwas bedrückte sie, das spürte er, aber er kannte seine Frau gut genug um zu wissen: Es war besser, nicht zu fragen. Schließlich wandte sie sich vom Fenster ab und sah ihn an.
"Mutter ist aufgewacht.", sagte sie leise.
"Aber - das ist doch wunderbar!" Er nahm ihre Hände. "Clara!" Am liebsten hätte er sie geschüttelt, um Freude in ihr zu wecken. "Und warum..."
"Ich soll Michael suchen!", unterbrach sie ihn, ehe er weiterfragen konnte. "Das ist das Einzige, was sie gesagt hat."
"Michael?" Er runzelte fragend die Augenbrauen.
"Meinen großen Bruder." Claras Stimme zitterte.
"Deinen Bruder? Du hast einen Bruder?" Markus schüttelte ungläubig den Kopf. "Du hast nie von ihm erzählt."
"Nein." Clara begann zu weinen
Er fragte nicht weiter, wartete ab. Schließlich begann sie zu reden. Stockend erzählte sie von dem großen Bruder, der viele Jahre älter als sie gewesen

war. Den sie sehr gern gehabt hatte, das wusste sie noch.
Und während sie sprach, tauchten weitere Erinnerungsschnipsel auf, vage Bilder. Michael, der ihr vorgelesen hatte. Der ihr Möbelchen für die Puppenstube und ein Puppenbett gebaut hatte. Der mit ihr Ball gespielt hatte. Der sie wohl mehr als einmal auf Streifzüge mit dem Fahrrad mitgenommen hatte. Obwohl sie damals noch ganz klein gewesen sein musste. Und dann - seine schönen dunklen Locken. Die Erinnerungen stolperten aus Clara heraus, ungeordnet, unscharf.
Markus lauschte gebannt.
"Und dann, irgendwann, war Michael nicht mehr da. Er war weg, kam nicht wieder." Von neuem liefen Clara Tränen übers Gesicht. Markus schob seinen Stuhl neben ihren und legte den Arm um sie. "Ich wusste ja, dass die großen Kinder weggingen, zum Studieren oder um eine Lehre zu machen oder so. Wir wohnten doch auf dem Dorf. Aber die kamen irgendwann auch mal wieder nach Hause. Wenigstens zu Besuch. An Weihnachten oder im Sommer." Sie schniefte. "Aber Michael kam niemals wieder. Nie. Er war einfach weg. Und keiner erklärte mir irgendwas."
Clara sah Markus an. Vorwurfsvoll, wie ihm schien.

Auf ihre Fragen, damals, habe ihre Mutter den Kopf geschüttelt und ein abweisendes Gesicht gemacht, was nichts Besonderes war. Aber ihr Vater, der habe zu weinen begonnen, als sie ihn gefragt habe, und habe sie fest an sich gedrückt. Das sei merkwürdig gewesen und beängstigend. Da habe sie das Gefühl gehabt, dass sie besser nicht mehr fragen sollte. Sogar ihre geliebte Großmutter Elsa habe ihr nichts erklärt, jedenfalls erinnere sie sich an nichts. "Von Michael wurde nicht mehr gesprochen,", schloss Clara, "jedenfalls nicht in meiner Gegenwart. - Und ich - ich hab ihn vergessen! Komplett vergessen! Wie kann das sein?" Wieder flossen ihre Tränen.
Aber jetzt. Such Michael. Das sei alles gewesen, was ihre Mutter gesagt habe. Mühselig herausgewürgt habe.

Was für eine seltsame Geschichte, dachte Markus. Und was für eine seltsame Familie. Er seufzte und zog Clara an sich. Sie schwiegen.
"Ich koche uns was!", schlug er dann vor. "Pasta und Rotwein, das stärkt die Seele. Okay?" Clara nickte.

Ohne weiter zu fragen, machte er Licht. Als Clara protestierte, meinte er trocken: "Geistervertreibung. Ich glaube, die ist gerade nötig."
Was für eine erstaunliche Bemerkung für einen so rationalen Menschen wie Markus, fand Clara und lächelte.
"Siehst du, es klappt!", stellte er zufrieden fest und machte sich an die Arbeit. Clara ließ sich einen Rotwein eingießen und setzte sich an ihren Laptop. Gespannt gab sie den Namen ihres Bruders ein.
Das Ergebnis war frustrierend. Es gab eine solche Menge an Links mit Trägern dieses Namens, dass es aussichtslos schien, hier einen bestimmten Michael zu finden. Ihr Familienname - Hinrichs - war offensichtlich ein richtiger Allerweltsname. Außerdem hatte sie ja keine Ahnung, wo und in welchem beruflichen Bereich er stecken könnte.
"Unmöglich!", konstatierte sie und schloss das Gerät.
Markus zuckte gelassen die Schultern.
"Warte doch einfach ab, bis deine Mutter wieder mehr bei Sinnen ist. Und wieder sprechen kann.", schlug er vor. "Dann kann sie dir vielleicht etwas mehr dazu sagen. Oder - lass uns in ihrer Wohnung nach Unterlagen suchen. " So ein bisschen Detektivarbeit wäre doch spannend, meinte er.

Beide Vorschläge lehnte Clara ab.
"Wenn ich Michael finden würde! Stell dir vor! Das würde ihr doch helfen sich wieder aufzurappeln!"
In der Wohnung herumzuschnüffeln, wie sie sagte, nein, das komme nicht in Frage. So eine Distanzlosigkeit würde ihre Mutter kränken. "Du weißt ja - übermäßige Nähe mochte meine Mutter nie."
In der Tat, das wusste Markus. Korrektes Benehmen. Haltung bewahren. Keine Flapsigkeiten. Anfangs hatte er sich gewundert über Claras pikierte Blicke oder die kurz erhobenen Augenbrauen, wenn er ungeniert auf der Straße eine Bratwurst aß oder die Wasserflasche ansetzte. Oder eine nicht ganz salonfähige Redewendung benutzte.
Bis Clara ihn aufklärte.
"Großmama Elsa, weißt du. Frau von Polnicken, alter ostpreußischer Adel, protestantisch. Alles verloren, aber nie die Contenance: Das tut man nicht. In großen Lettern übers Leben geschrieben. Ganz wichtig. Wobei, mir gegenüber war Großchen Elsa nachsichtiger. Mama war entschieden strenger."
Und Clara war unter den Fittichen dieser beiden Frauen aufgewachsen. Also. Es gehörte sich nicht, in den Unterlagen der Mutter zu stöbern. Nicht ohne ihre Erlaubnis, und die zu geben war ihre Mutter jetzt nicht in der Lage. Punkt.

Markus hatte Großmama Elsa nicht mehr kennengelernt, aber er hatte den Eindruck, dass Claras Mutter stark unter ihrem Einfluss gestanden haben musste, total von ihrem Regelkorsett geprägt war. Und Clara hatte sich dem kaum entziehen können. Nach dem frühen Tod ihres Mannes hatte die Mutter wieder arbeiten müssen, und so war Clara weitgehend von der Großmutter betreut und erzogen worden.

"Tja." Markus seufzte und schüttelte den Kopf. Manche Menschen machten sich das Leben schwerer als nötig. "Komm erstmal essen!", schlug er vor, legte den Arm um sie und schob sie sanft zum Esstisch. Clara lächelte und gab ihm einen Kuss.

"Du bist ein Schatz. Danke!" Markus' Tagliatelle Carbonara waren ihr bevorzugter Seelentröster in allen Lebensnöten.

Später setzte sie sich noch einmal an den PC, obwohl Markus protestierte.

"Nur das noch. Dann mache ich Schluss für heute." Das Essen und der Rotwein hatten sie beruhigt. Sie gab im Internet den Namen des Dorfes ein, in dem sie die ersten vierzehn Jahre ihres Lebens gewohnt hatte. Und in dem ich doch anfangs mit Michael aufgewachsen bin, dachte sie, mein Gott, wie konnte

ich das bloß vergessen. Das Dorf, in dem ihr Vater beerdigt war, und die Erinnerung an diesen Tod schmerzte sie bis heute wie ein Granatsplitter, der irgendwann einmal in einen Körper hineingefahren und nie entfernt worden ist und nie aufhört zu peinigen. Ach, ihr Paps...
Nein, befahl sie sich, jetzt nicht daran denken. Weitermachen.
Das Dorf war aufgegangen in einer Samtgemeinde; wenn sie das richtig verstand, existierte es wohl noch, hatte aber keine eigene Verwaltung mehr. Aber es musste doch irgendwo noch Unterlagen über die Familie geben. Clara notierte sich die Telefonnummer der Verwaltung und stellte den PC aus.

Ein Anruf bei der Gemeindeverwaltung am nächsten Tag brachte sie nicht weiter. Eine Auskunft per Telefon oder E-Mail sei leider nicht möglich, wurde sie beschieden. Nein, ein sogenanntes Gemeindebuch existiere nicht in digitaler Form. Ja, wenn sie selbst vorbeikommen könne, sei das natürlich am besten. Nein, ob noch Leute aus der ursprünglichen Gemeindeverwaltung im Amt arbeiteten, wisse sie nicht.

Das Problem schien sich von selbst zu lösen.

Nach einem weiteren Schlaganfall starb Claras Mutter nur zwei Wochen später. Zwar hatte Clara damit rechnen müssen; die Ärzte hatten ihr nach dem Aufwachen der Patientin nicht viel Hoffnung gemacht. Dennoch traf sie der Tod unvorbereitet. Sie hatte sich doch so bemüht, die Suche nach Michael voranzutreiben.

Immer, wenn sie am Bett der Mutter gesessen hatte, hatte sie ihr berichtet. Hatte auch einmal versucht, ihre Erinnerungen wachzurufen. Das hatte sie aber lieber wieder gelassen; der schmerzvolle Ausdruck im Gesicht der Kranken hatte sie davon abgehalten. Das Sprechen war ihrer Mutter nicht mehr gelungen, obwohl sie es manchmal versucht hatte.

Einmal hatte Clara sie gefragt, ob sie - die Mutter - erlaube, dass die Tochter in ihre Unterlagen Einblick nehme. Wieder war da der verzweifelte Blick der Mutter gewesen, sie hatte zu antworten versucht, aber es war nicht gegangen. Clara hatte sie nicht quälen wollen. Sie würde ohne diese Möglichkeit weiter suchen. Sie würde dafür sorgen, dass sich der verzweifelte Gesichtsausdruck in Freude verwandelte.

"Ich werde ihn finden, ganz bestimmt!", war immer das Schlusswort gewesen, wenn sie vom Stand der

Dinge berichtet hatte, und manchmal hatte es geschienen, als habe ihre Mutter gelächelt.
Doch nun war sie tot. Markus unterstützte Clara liebevoll, tröstete sie, hörte ihr zu, wenn sie erzählen wollte. Nahm sich Zeit für sie. Nahm ihr vieles an bürokratischer Arbeit ab. Begleitete sie an den Abenden, wenn sie in der Wohnung der Mutter die Auflösung des Hausstandes vorbereitete.
Die Papiere ihrer Mutter waren vorbildlich geordnet, steckten sortiert in den Fächern einer Dokumentenmappe. Da war das Familienstammbuch. Endlich. Claras Herz klopfte heftig, als sie es aufschlug.
Die Eheschließung der Eltern. 1970. Gert Hinrichs und Gisa Hinrichs, geborene von Polnicken. Ihre eigene Geburt, 1981.
Kein Michael. Nichts. Clara blätterte das Buch durch. Schüttelte es aus. Suchte nach Notizen. Nichts.
Sorgfältig sah sie jedes Fach der Dokumentenmappe durch. Bescheinigungen über Geburten und Todesfälle von Papas Verwandten, Geburtsanzeigen, Todesanzeigen mit unbekannten Namen, wohl frühere Freunde der Eltern. Zeugnisse. Großmamas Ahnentafel aus der Hitler-Zeit. Das Testament der Mutter, des Vaters. Notizen über das Leben seiner

Familie, einer alteingesessenen Handwerkerfamilie aus einem Dorf weit weg, seine Mutter Tochter eines Kleinbauern, ja, davon hatte er oft erzählt. Irgendwann will ich das alles wissen, dachte Clara, aber nicht jetzt.
Seufzend verschloss sie die Mappe.
"Und?", fragte Markus, der in der Küche die wenigen Teile von Meißner Porzellan einpackte, die Claras Mutter sich gegönnt hatte (zur Erinnerung an alte Zeiten) und die Clara behalten wollte.
Clara schüttelte den Kopf. Ratlos sah sie ihn an.
"Nichts. Absolut nichts."
"Ja dann - doch die Fotoalben?" Clara hatte die eigentlich erst später ansehen wollen. Sie fürchtete den Erinnerungsschmerz.
Nachdenklich stand sie da, sah auf das Regal mit den Alben und rieb sich die Stirn.
"Okay." Ein tiefer Seufzer. Sie zog ein paar Alben heraus und setzte sich damit an den Wohnzimmertisch. Markus stapelte die restlichen daneben und setzte sich zu ihr.
Die Alben waren ordentlich etikettiert und mit Jahreszahlen versehen. Einige konnten sie gleich aussortieren, da sie ersichtlich Reisen dokumentierten, die Claras Mutter in den letzten Jahren gemacht hatte.

Schließlich blieben drei übrig. Gespannt begannen sie zu blättern.
Mutters Jugendzeit. Freundinnen, Feste, Tanzstundenfotos. Die ersten Fotos von ihrer Mutter als Lehrerin. Verlobungszeit. Das Hochzeitsfoto. Bilder aus den ersten Ehejahren.
Dann: Das Album der jungen Familie. Mutter mit Clara auf dem Arm. Weihnachten. Familienreisen. Alles ordentlich beschriftet, mit Jahreszahlen und kurzen Notizen. Nirgendwo war Michael zu sehen. Langsam blätterte sie zurück, jede Seite noch einmal betrachtend. "Halt mal!", sagte Markus plötzlich. Er schob das Album näher ans Licht, dann wies er auf die Bindung des Buches. "Da sind Seiten rausgeschnitten."
Sie sahen sich an.
"Hm." Markus trommelte nachdenlich mit den Fingern auf den Tisch. Langsam blätterten sie das Familienalbum noch einmal durch, Blatt für Blatt. Immer wieder waren eindeutig Seiten herausgeschnitten.
"Saubere handwerkliche Arbeit.", murmelte Markus. "Sieht nach Rasierklinge aus." Er schüttelte den Kopf. "Seltsam, oder? Aus einem so akribisch geführten Album sind Seiten entfernt."
Clara starrte auf das Buch.

"Aber wer, um Himmels Willen, hat das gemacht? Und warum bloß?" Sie seufzte. "Und ob nun gerade da Bilder von Michael aufgeklebt waren? Wissen wir ja auch nicht."
Sie griff nach dem letzten Album, ihrem Kinderalbum, das ihre Eltern bei ihrer Geburt angelegt und bis zur Einschulung fortgeführt hatten. Auch hier war alles genau mit Datum versehen, machmal mit kurzen Texten. Die Handschrift ihres Vaters... Aber kein Foto von ihr und Michael. Doch auch hier waren Seiten entfernt, ganz eindeutig.
Eine Weile schwiegen sie und starrten auf die Fotos.
"Du sagtest ja, deine Eltern seien sehr traurig gewesen nach seinem Verschwinden. Hältst du es für möglich, dass sie die Bilder entfernt haben, um ihn vergessen zu können?"
Clara hob die Schultern. "Keine Ahnung,", murmelte sie und schüttelte den Kopf. Sie sah schräg zu Markus hinüber. "Weißt du eigentlich auch so wenig von deinen Eltern?"
"Pfffff!", machte Markus. "Hab ich nie drüber nachgedacht. - Komm, lass uns lieber weitermachen."
Sie räumten weiter Schubladen und Fächer leer, rasch aber aufmerksam. Seltsamerweise hatte Claras Mutter keinerlei Briefe aufgehoben, es gab kei-

ne herumliegenden Karten oder Fotos. Lediglich in einem alten bemalten Holzkasten fanden sich Briefe und Karten, die Clara ihr geschickt hatte.
Na ja, meinte Clara, als sie vor fünf Jahren in diese kleine Wohnung gezogen sei, habe sie wohl gründlich ausgemistet. Was ja verständlich sei.
Kein Fitzelchen, kein Zettel, nichts, was irgendwie auf einen Gedanken an Michael hingedeutet hätte. Aber warum dann jetzt, zum Schluss: Such Michael?

Sie fanden keine Erklärung. Trotzdem: Clara verstand diesen Wunsch als Auftrag über den Tod hinaus. Und sie wollte selber wissen. Nur Michael selber konnte ihr doch sagen, warum er aus dem Leben der Familie so ganz und gar verschwunden war. Und vielleicht verstand sie dann, warum ihre Mutter unbedingt wollte, dass sie ihn suchte.
Sie hatte sich nie um die Familiengeschichte gekümmert. Warum auch. Großchen hatte ihr herrliche Ostpreußengeschichten erzählt, das genügte. Das war vielleicht ein Fehler gewesen, bestimmt sogar, jedenfalls wollte sie jetzt Genaueres wissen.
"Ich fahre zum Dorf. Im September, in den Herbstferien.", beschloss sie eines Abends.

Markus war nicht begeistert; er fand, der geplante Wanderurlaub würde ihr besser tun, nach all den Aufregungen der vergangenen Wochen.

Aber er sah ein, dass diese Reise in die Vergangenheit im Augenblick für sie wohl wichtiger war. Sein Angebot, sie zu begleiten, lehnte sie ab. Er seufzte. Da er ihren Dickschädel kannte, versuchte er gar nicht erst, sie umzustimmen. Doch mit seiner Sorge mochte er nicht hinterm Berg halten.

"Du weißt nicht, was dich dort erwartet, Clara. Die Macht der Erinnerung. Der Tod deines Vaters. Unterschätz das nicht." Sie sah ihn nur an, strich ihr langes glattes Blondhaar hinter die Ohren, reckte das Kinn und zog leicht die Augenbrauen hoch. Er verstand. Unterschätz du mich doch nicht, hieß das. Dies ist meine Sache.

Dennoch - je näher der Reisetermin rückte, desto spürbarer wuchs in Clara eine seltsame, unerklärliche Furcht davor. Das gestand sie schließlich Markus, obwohl es ihr nicht leicht fiel, darüber zu reden.

"Na ja, es ist eine Reise ... eine Reise ins unbekannte Bekannte, Clara,", meinte er und sah sie nachdenklich an. "Du wirst ja nicht nur von außen gucken, du hast ja, wie auch immer, mal dazugehört. Wobei - ", er zögerte, ehe er langsam weitersprach, " - mir ist

aufgefallen, dass kaum einmal Freundinnen oder Leute aus dem Dorf vorkamen, wenn du von deiner Kindheit erzählt hast. Es war eigentlich immer: Papa, Mama, Großmama."
Clara sah ihn mit großen Augen an.
"Keine Ahnung, ob das von Belang ist!", fuhr er fort, als sie nicht antwortete. "Spielt vielleicht gar keine Rolle." Er nahm sie in die Arme. "Vergiss es. Wird schon werden. Ich wünsch dir so, dass du Erfolg hast. Ich bin da, das weißt du."

* * *

Clara hatte sich entschieden, mit dem Zug zu fahren. Es war doch eine ganze Strecke von ihrem jetzigen Wohnort im Osten der Republik bis ins nordwestdeutsche Flachland, wo das Dorf lag. Es hatte sich herausgestellt, dass es sogar noch die Busverbindung zwischen dem Dorf und der kleinen Stadt gab, jener Stadt, in der sie die ersten drei Jahre zum Gymnasium gegangen war. Oder besser: gefahren, mit eben jenem Bus, der mehr oder weniger ein Schülerbus gewesen war. Puh, wie froh war sie später gewesen, als sie ihre Schule weniger aufwendig erreichen konnte!

Während der Zugfahrt hatte Clara eigentlich ihren Aufenthalt, ihr Vorgehen dort im Dorf planen wollen. Eine Liste von Leuten zusammenstellen wollen, an die sie sich erinnerte, die ihrer Familie irgendwie verbunden gewesen waren.
Aber ihre Gedanken schweiften immer wieder ab. Schließlich klappte sie ihr Notizbuch zu, lehnte sich in ihre Ecke und ließ ihren Gedanken freien Lauf. Bilder aus ihrer Kindheit tauchten auf, Spielkameraden, die Grundschuljahre, Feste... und dann durchzuckte sie - zum wievielten Male? - der alte Schmerz, die Schock-szene, die wohl auf ewig in ihr Hirn eingebrannt war:
Es klingelt, zwei Polizisten mit ernsten Gesichtern stehen da vor der Haustür, sie wollen ihre Mutter sprechen, obwohl Clara doch auch schon beinahe erwachsen ist, nämlich fast vierzehn. Und dann die entsetzliche Nachricht. Ihr Vater, ihr geliebter Paps, der so gern verrückte Sachen macht, der ist mit seinem Motorrad wohl zu schnell über die regennasse Straße gebraust. Hat in einer Kurve die Gewalt über die Maschine verloren und ist verunglückt. Ist tot. Tot. Mama, die kreidebleich aber aufrecht auf der Sofakante sitzt, stumm. Clara kann nur schreien und schreien und dann ist alles schwarz. Als sie wach wird, liegt sie in ihrem Bett, Dr. Strümpel ist

da, die Polizisten sind weg, Großmama Elsa sitzt auf der Bettkante und streichelt ihr Gesicht. Sie hat wohl schlecht geträumt, ganz schrecklich, sie muss das jetzt erzählen, muss es loswerden; aber da hinten an der Tür lehnt Mama, bleich und stumm und bewegungslos und aus ihren Augen laufen Tränen. Also ist alles wahr...

Clara schloss die Augen. Die Erinnerung tat immer noch so weh.
Schluss! Sie wollte jetzt nicht hier sitzen und weinen. Sie wollte Michael finden.

War er noch dabei gewesen, als sie die herrlichen Campingsommerferien an der Nordsee gemacht hatten?
Sie sah sich selbst, ein kleines Mädchen, wie sie auf den Schultern ihres Vaters ritt. Er galoppierte wild, seine immer etwas zu langen strohblonden Haare flatterten, und Clara entdeckte, dass er doch wahrhaftig da oben schon eine kahle Stelle hatte. Sie erinnerte sich genau, wie lustig sie das fand. Sie hörte auch noch die Stimme ihrer Mutter, die wieder einmal vorschlug, er solle sich doch endlich die Haare stoppelkurz schneiden lassen. "Nein!", hatte er gerufen. "Meine Mähne muss fliegen!" Dann hatte

er gewiehert wie ein richtiges Pferd und war weiter galoppiert, und sie da oben wäre vor Lachen fast runtergefallen, aber natürlich hatte ihr Paps sie festgehalten. Und er hatte laut sein Lieblingslied geschmettert. Das war die Marseillaise, wie Clara aber erst viel später gelernt hatte. Ihre Mutter hatte auch gelacht, hatte ihn aber auch ermahnt: "Gert! Nicht so laut! Das ist doch ungehörig!" Und Paps hatte gelacht, hatte Mama einen Kuss gegeben und hatte weitergeschmettert und war weitergaloppiert.
Und Michael? War er dabei gewesen? Clara versuchte, das Bild im Geiste schärfer einzustellen. Aber es gelang ihr nicht. Die Erinnerung war denn doch zu vage. Da war nur ihr Paps. Mama. Das Lied, der Wind, der Ritt.
Ihr Vater. Ihre Erinnerung hatte nicht nur den lustigen, ausgelassenen Paps aufbewahrt. Clara erinnerte sich auch sehr gut an den anderen, den verschlossenen, ja traurigen. Sie sah ihn wieder vor sich, still, unzugänglich, mit diesem abwesenden Blick. Da war sie wohl schon ein bisschen älter gewesen.

Es hatte ihr richtig Angst gemacht, wenn er so war. Sie hatte ihre Mutter gefragt, was denn los sei mit ihm. Nichts, gar nichts, hatte die geantwortet. Geh in dein Zimmer, Clara, und lies. Aber Clara hatte ge-

nau gesehen, dass Mama ihren Paps immer wieder beobachtet hatte. Dass ihr Gesicht sorgenvoll war und ebenfalls traurig. Aber niemand hatte Clara etwas erklärt.
Diese seltsamen, beängstigenden Zeiten waren am schlimmsten gewesen nach ihren Ferienreisen. Das hatte Clara nun gar nicht verstehen können. Denn diese Reisen waren doch immer so schön gewesen! Immer waren sie nach Frankreich gefahren. Und das Beste: Als Clara etwas älter war, war sie allein mit ihrem Vater gereist. Die Reiseroute wurde nie vorher festgelegt, nur das Ziel: Immer ans Meer, in die Provence oder in die Normandie, wo ihre Mutter sie dann erwartete. Die hatte nämlich keine Lust gehabt auf diese "Rumjuckelei", wie sie das nannte, und hatte sich dann von ihnen am nächstgelegenen Flughafen aufgabeln lassen. "Pass gut auf deinen Vater auf!", war jedes Mal ihre Ermahnung gewesen, scherzhaft aber mit ernsten Augen, wenn Vater und Tochter ins Auto steigen und losfahren wollten. Dann hatte Paps Mama jedes Mal in die Arme genommen, ganz fest und ganz lange, und hatte sie geküsst. Clara war das immer peinlich gewesen, aber es gehörte zum Ritual dazu.
Was hatte sie auf diesen Reisen alles gesehen! Und gelernt, ohne es zu merken. Paps war Architekt ge-

wesen und hatte sich auch mit Geschichte, mit alten Städten und Bauwerken gut ausgekannt. Unter seinem Einfluss hatte sie erst richtig sehen gelernt, würde sie jetzt sagen. Sie waren durch Gassen gestromert und auf Stadtmauern herumspaziert, hatten hohe Kathedralen und stämmige romanische Kirchen bewundert. Er hatte ihr mit wenigen Worten verständlich machen können, worin die Schönheit eines Bauwerks, einer Stadtstruktur lag. Er wäre ein hervorragender Lehrer gewesen, eigentlich, dachte Clara. Ihr fiel wieder ein, wie gemütlich es gewesen war, wenn sie mal in einem kleinen Dorf Station machten. Paps konnte gut mit Leuten umgehen, und die Franzosen fanden es natürlich toll, dass er ihre Sprache so gut konnte. Sie sah ihn wieder vor sich: unrasiert, charmant, lachend. Und kein bisschen hochnäsig; er hatte immer mit allen geredet. Und die Leute hatten sich amüsiert über ihr Clarafranzösisch, das hatte ihnen gefallen. Wenn sie wieder im Auto saßen und weiterfuhren, hatte sie mit ihm Französisch geübt. Und Paps hatte sich immer gefreut über ihr Interesse an dieser Sprache. Hatte ihr Chansons vorgesungen. Oder es wenigstens versucht. Seine Gesangskünste waren nicht die dollsten gewesen. Was hatten sie gelacht...

Aber auch während dieser Zeit war er an manchen Tagen irgendwie unruhig und abwesend gewesen. Niemals hätte Clara ihrer Mutter davon erzählt, obwohl ihr diese Tage Angst gemacht hatten. Sie hätte ihn am liebsten gefragt, was denn los sei und ob sie ihn irgendwie verärgert habe, aber dazu hatte ihr der Mut gefehlt. Also hatte sie einfach den Mund gehalten, das schien am besten zu sein. Meistens war er nach ein, zwei Tagen wieder ihr alter vergnügter Paps gewesen.

In Uzès, nach einer Fahrt durch die Cevennen, hatte sie zum ersten Mal Wein kosten dürfen, den roten von der Rhône. Sie erinnerte sich an die Szene: die rotweißkarierten Tischtücher in dem kleinen, einfachen Restaurant, ihr Vater saß ihr gegenüber, und auf einmal hatte er ihr sein Weinglas hingeschoben. "Probier mal!", hatte er sie ermuntert und dann schallend gelacht, als sie nach einem Schluck genießerisch die Augen gerollt hatte. "Aber bloß nichts Mama sagen!", hatte er ihr eingeschärft und gegrinst. "Und schon gar nicht Frau Elsa - Himmel, nein, die würde mich zur Hölle schicken!" (Er hatte nie von Großmama geredet - es war immer *Frau Elsa* oder *La Grande Dame*.)

Avignon wurde ihre Lieblingsstadt und war es geblieben.

Sie war mit ihrem Vater durch den Papstpalast gewandert und dann durch die wundervollen Gassen der Stadt. Hatte die Brücke gesehen, die halb in die Rhône ragte, ja, on y danse, jetzt konnte sie sich das gut vorstellen! Nach Les Baux waren sie gefahren, in irrsinniger Hitze. Die Kräuter hatten geduftet, sie waren durch das steinige Gelände gestolpert, im gleißenden Mittagslicht. In Tarascon hatten sie in einem Laden noch die alten Krippenfigürchen aus Ton gefunden. Dreizehn war sie damals, dies war ihre letzte Reise, aber das wussten sie nicht.

Der Zug fuhr in den Bahnhof ein, Clara hatte die Ansage verträumt. Hastig sammelte sie ihre Sachen zusammen.

Es war später Nachmittag, als sie endlich in der kleinen Stadt angekommen war, sich im Hotel eingerichtet und sich dann doch lieber einen Mietwagen bestellt und abgeholt hatte, so war sie flexibler als mit dem Bus - Nostalgie hin, Nostalgie her. Gespannt, ja ein bisschen aufgeregt stromerte sie im Städtchen herum. Die alten Wege. Neue Läden, viel verändert. Sie wusste, dass ihre wenigen Schulfreundinnen längst weggezogen waren. Trotzdem

war sie enttäuscht, überhaupt kein bekanntes Gesicht zu entdecken. Immerhin, das Eiscafé, in dem sie oft gesessen hatten, existierte noch. Doch, ein bisschen Nostalgie muss sein, dachte sie, und bestellte sich einen Kirschbecher. Mit Krokant, bitte. Sie sah sich um. Genau wie früher: kichernde Teenies, Omas mit ihren kleinen quakigen Enkeln. Unruhe, Lärm. Es störte sie nicht.
Ihre Gedanken setzten die Vergangenheitsreise fort...
Die Zeit nach dem Tod ihres Vaters war ihr nur verschwommen im Gedächtnis geblieben. Eine Zeit der Trauer, der Trostlosigkeit, in der sie sich alleingelassen und unverstanden fühlte.
Fünfzehn war sie wohl gewesen, als ihre Mutter ihr eröffnete, dass sie sich auf eine Lehrerstelle in einer ostdeutschen Stadt beworben hatte. Es hatte Clara gekränkt, dass ihre Mutter nicht mit ihr darüber geredet, sondern ihr diese Entscheidung nur mitgeteilt hatte. Sie fühlte noch jetzt die Verbitterung, wenn sie daran dachte. Clara hatte nicht weg gewollt, aber was hätte sie gegen einen Umzug vorbringen sollen? Ihre Mutter wollte und musste arbeiten und war froh gewesen, aus dem Dorf wegzukommen. Clara könnte jetzt noch heulen, wenn sie an die Kühle und Unzugänglichkeit ihrer Mutter in

jener Zeit dachte. Sie lebten regelrecht nebeneinander her. Sicherlich war das auch Hilflosigkeit ihrer Mutter gewesen, Unfähigkeit, ihre Trauer mit der Tochter zu teilen; vielleicht entstanden aus dem Gebot, niemals die Umwelt mit Gefühlen zu belästigen. Heute konnte Clara das Verhalten ihrer Mutter begreifen, irgendwie einordnen. Aber damals fühlte sie sich nur einsam und unglücklich.
Und dann noch der Umzug, die neue Schule, die neuen Klassenkameraden. Eine neue Wohnung, in einer Großstadt; ein anderer Menschenschlag. Alles aus dem vorherigen Leben war weg. Und immer wieder die schmerzhafte Erinnerung an den Verlust ihres Vaters.
Clara holte tief Luft und bestellte sich noch einen Cappuccino.
War es bei so viel Turbulenzen denn verwunderlich, dass Michael aus ihrem Gedächtnis verschwunden war?
Es war Großmama gewesen, die ihr in dieser Zeit geholfen hatte. Sie war Tochter und Enkelin nachgezogen - "Was soll ich allein in diesem Kaff bleiben?" - . Mit ihr hatte Clara reden können, bei ihr hatte sie geweint, und Großchen hatte sie weinen lassen, obwohl sie doch sonst so streng auf Haltung und Beherrschung achtete. Ihr hatte Clara ihr Herz

ausgeschüttet, ihr gegenüber hatte sie die Kälte ihrer Mutter beklagt. Großmama hatte ihr Antworten gegeben, hatte ihr gesagt, dass jeder Mensch anders trauert. Hatte sie manchmal nur in die Arme genommen und gewiegt und nichts gesagt.

Ansonsten hatte Frau Elsa die ihr von Claras Mutter zugedachte Erzieherrolle stillschweigend und gewissenhaft ausgefüllt. Sie hatte sich um Clara gekümmert, um Schule und um Freizeit, und hatte vor allem immer ein Auge darauf gehabt, mit wem Clara "Umgang hatte", wie sie es nannte. Mit spitzer Zunge und hochgezogenen Augenbrauen hatte sie erbarmungslos kleine Schwächen von Claras Freundinnen und Freunden aufgespießt, wenn sie die als "unpassend" für ihre Enkelin eingestuft hatte. Clara hatte das oft witzig gefunden. Später war ihr bewusst geworden, dass sie dadurch Freunde verloren und die Großmutter ihren eigenen Einfluß gefestigt hatte.

Auch mit ihr war Clara gereist, aber das waren andere Reisen gewesen. Gebuchte Hotelaufenthalte mit geplantem Programm. Bildungsreisen, nach Florenz, nach Madrid, nach London. Da musste sie ordentlich gekleidet zu den Mahlzeiten erscheinen, und Großmama achtete auch furchtbar altmodisch auf Benehmen und Haltung. Wenn Clara ein Gesicht gezogen und gestöhnt hatte, war Frau Elsas Kommentar immer gewesen: "Es wird dir nützen, Kind. Du wirst mir noch dankbar sein."

Doch, im Großen und Ganzen hatte Clara auch diese Reisen genossen. Jetzt würde sie sagen: Gut, dass sie so anders waren als die mit ihrem Vater. Nach Frankreich war sie mit ihrer Großmutter nie gefahren. Frau Elsa mochte die Franzosen nicht. "Ein loses Völkchen! Hochnäsig und oberflächlich.", war ihre Einschätzung.

Ach ja, und dann war da noch die Geschichte mit Hansgeorg gewesen, einem Kollegen ihrer Mutter. Meine Güte, was einem alles einfiel, wenn man sich mal in die Vergangenheit zurückdachte...Die beiden hatten sich angefreundet, was Clara in Turbulenzen gestürzt hatte. Einerseits hatte sie den Mann sehr nett gefunden. Er war ihr gegenüber freundlich, ernsthaft und zurückhaltend, ohne ablehnend zu sein. Sie hatte sich akzeptiert gefühlt. Und vor allem war ihre Mutter regelrecht aufgeblüht; sie hatte endlich wieder gelacht, war entspannter gewesen. Andererseits hatte Clara diese Freundschaft (oder was immer das war) als Verrat an ihrem Vater empfunden. Sie hatte mit ihrer Mutter darüber reden wollen, doch dazu war es nicht gekommen: Großmama hatte den Mann nicht angemessen für ihre

Tochter gefunden. Sie hatte in der üblichen Weise herumgestichelt und spitze Bemerkungen gemacht (natürlich nicht in Hansgeorgs Gegenwart), und Claras Mutter hatte verstanden und die Beziehung beendet. Clara war erleichtert gewesen. Einerseits. Hatte es aber andererseits auch irgendwie schade gefunden.

Da war ihr zum ersten Mal bewusst geworden, dass ihre Mutter ihrer Großmutter gehorchte. Eine merkwürdige Erkenntnis. Wie alt war sie damals gewesen? Siebzehn? Sechzehn?

Von ihrem Vater hatten Clara und ihre Mutter nicht oft geredet und nur, wenn sie allein waren. Was nicht oft der Fall gewesen war. Von Michael war nie...

"Signora?" Clara schreckte auf. Vor ihr stand der Kellner und hob bedauernd die Hände. "Tut mir leid, aber wir wollen schließen!"

"Oh Gott! Entschuldigung!" Wie peinlich. Clara hatte ganz die Zeit vergessen. Klar, die Eisdiele schloss ja am frühen Abend.

Rasch zahlte sie und entschuldigte sich noch einmal, was der Kellner mit einem "Kein Problem, Signora!" quittierte und grinste.

Auf dem Weg ins Hotel machte sie sich noch ein letztes Mal für heute auf ihre Reise in die Vergangenheit.
Tja, Großmama. Eine Trübung im Verhältnis zu ihr hatte es gegeben, als Clara nach dem Abitur ihren Entschluss verkündete, sie wolle Politische Wissenschaften und Romanistik studieren, mit dem Schwerpunkt Französisch. Da hatte es ausgesprochen ablehnende Reaktionen gegeben, sowohl von ihrer Mutter als auch von Frau Elsa. Clara hatte sich das überhaupt nicht erklären können. Gut, Großchens Abneigung gegen alles Französische kannte sie ja. Aber dass ihre Mutter diese Einstellung teilte, hatte Clara gekränkt. Sie hatte das als Ablehnung nicht nur ihrer eigenen Person, sondern vor allem als Ablehnung ihres Vaters und ihrer ganzen Kindheit empfunden. Das hatte sie auch gesagt. Es hatte heftige Diskussionen gegeben. Und natürlich hatte Clara ihren Kopf durchgesetzt.
Es war dann nicht leicht gewesen, wieder in Frankreich zu sein. Die Erinnerungen, der immer wieder schmerzende Verlust hatten ihr anfangs sehr zu schaffen gemacht. Aber dann hatte sie die Aufenthalte nicht nur intensiv genutzt, sondern auch genossen, zuerst die zwei Semester in Montpellier,

später das Jahr als Austauschlehrerein in der Nähe von Bordeaux.

Zwischen ihr und ihrer Großmutter war eine leichte, aber spürbare Distanz geblieben. Als Frau Elsa starb, war Clara von Bordeaux nach Hause geflogen. Sie hatte das Bedürfnis gehabt, sich von ihr zu verabschieden. Ihr war bewusst, wieviel sie doch dieser Frau verdankte und wieviel Liebe sie von ihr erfahren hatte.

Und jetzt? Der Traum, einmal als Journalistin zu arbeiten, war noch da. Ob sie es schaffen würde? Clara seufzte. Bislang verdiente sie ihren Lebensunterhalt immer noch als Sprachlehrerin und Übersetzerin.

Und - sie würde Michael suchen. Sie würde ihn finden.

"Es ist schon komisch,", sagte sie, als Markus sie abends am Telefon nach ihrem Tag fragte, "da mach ich mich auf die Suche nach meinem Bruder und lande in meiner eigenen Vergangenheit. Was mir auf einmal alles eingefallen ist...Das reinste Kopfkino!" Sie lachte. "Bloß Michael - der kam darin gar nicht vor."

* * *

Erst auf der Fahrt zum Dorf wurde Clara bewusst, dass sie immer noch keine Vorstellung davon hatte, wen sie dort eigentlich aufsuchen und was sie fragen wollte. Würde sie überhaupt noch jemanden kennen?

Ich tue grade, als wäre ich vor hundert Jahren weggegangen, dachte sie. Aber Markus hatte es schon richtig eingeschätzt: sie war nie so recht zugehörig gewesen. Dass sie in der Stadt zum Gymnasium gegangen und dadurch kaum noch im Dorf gewesen war, hatte dabei bestimmt eine Rolle gespielt. Aber vorher, als sie noch zur Grundschule ging? Sie hatte ihre kleinen Freundinnen, Sabine und Julia, klar. Aber es stimmte, sie war viel bei Großmutter Elsa gewesen, und die mochte es nicht, wenn sie ihre Freundinnen mitbrachte.

Clara hatte Herzklopfen, als sie aus dem Auto stieg und sich umsah. Sie stand in der Nähe der schmucklosen alten Wehrkirche, dem Mittelpunkt des Dorfes. Eine Weile betrachtete sie das schlichte Bauwerk mit dem stämmigen kurzen Turm, das sie immer schön gefunden hatte, ohne zu wissen warum. Die Straße gabelte sich vor der Kirche, eine Abzweigung führte ins untere Dorf und von dort weiter zum Wäldchen , der andere Abzweig schlängelte sich als Hauptstraße durch den Ort.

Ohne Plan wanderte sie durch das Dorf, hoffte darauf, dass ihr schon irgend jemand einfallen würde, der möglicherweise etwas über die Familie wusste. Mehr als sie selbst. Über Michael.
War das Dorf schon immer so gesichtslos gewesen? Ordentlich verputzte Häuser, keine Hühner auf den Straßen, nur wenige Zeichen von Bäuerlichem. Natürlich, hier in der Straße hatten nur ein paar wenige Nebenerwerbsbauern ihre Häuser mit Ställen gehabt, und die gab es nun wohl gar nicht mehr. Die großen Höfe lagen am Dorfrand oder als Aussiedlerhöfe in den Feldern.
Leere Straßen. Wenige geparkte Autos. Kaum Leute unterwegs, Clara grüßte Unbekannte. Im Lebensmittelladen hatte sich ein Versicherungsbüro installiert, die Bäckerei war offensichtlich nur noch Wohnhaus, das Schaufenster von Grünpflanzen zugewuchert. Das Gasthaus existierte noch. Immerhin. Dann stand sie vor dem dunkelroten Klinkerhaus, in dem sie die ersten vierzehn Jahre ihres Lebens gewohnt hatte. Die Holzlaube vor der Eingangstür gab es noch, auch die beiden schmalen Seitenbänke darin, auf denen sie oft mit ihren Puppen gespielt hatte. Im Vorgarten wucherten Bodendecker und Kirschlorbeer, keine Herbstastern oder Dahlien mehr, der Apfelbaum neben dem Haus hatte einem

Carport Platz gemacht. Da oben, an der Seite, im Giebel, war ihr Zimmer gewesen. Sie betrachtete das alles, aber distanziert, seltsamerweise ganz ohne Wehmut.

Dort war die Straße in Richtung Neubaugebiet. Obwohl - der Begriff dürfte längst überholt sein, dachte sie. Neugierig wanderte sie langsam die Straße lang.

Genau, hier an dem weiß verputzten Haus mit der Kiefer davor musste sie links abbiegen. Die Kiefer war riesig geworden, klar. Beeindruckend. Die Straße war jetzt in voller Länge bebaut; damals, als Großmama hier wohnte, waren es vielleicht sieben oder acht Häuser gewesen. Welches Haus war es denn bloß gewesen? Sie musste sich eine ganze Weile umsehen, bevor sie das Haus wiedererkannte, in dem Großchen Elsa gewohnt hatte. Zur Miete. Was für ein Makel. In Ostpreußen hatten wir....So fingen viele ihrer Sätze und Geschichten an.

Ach ja, natürlich, das dort, die Nummer 5. Immer noch prangte die riesige Zahl aus gehämmertem Eisen neben der Tür. Damals hatte sie dieses Ding bewundert, heute fand sie es eher scheußlich. Automatisch ging Claras Blick zum Fenster im oberen Stockwerk, ganz links. Aber da war niemand, natürlich nicht. Dort hatte Frau Elsa immer gesessen, wenn sie auf die Enkelin wartete.

Clara hatte nur winken müssen, dann war Großchen Elsa herunter gekommen und hatte die Tür geöffnet. Bei ihr, hier in diesem Haus, hatte Clara schon vor der Einschulung Lesen gelernt; sie waren zusammen gewandert; Großchen hatte von früher erzählt, was Clara besonders liebte. Frau Elsa war stets elegant gekleidet, das sei sie ihrer Herkunft schuldig, hatte sie immer gesagt; da sie selber schneidern konnte, war das bei ihr keine Kostenfrage. Sie nähte auch Puppenkleider und vor allem Kleider für die Enkelin. Claras Vater war es überhaupt nicht recht, dass seine Tochter so oft "bei der alten Hexe herumhockt" (wie Clara ihn einmal zu einem Freund sagen hörte, als Mama nicht dabei war). Und einmal war er geradezu vor Wut explodiert, als er herausfand, dass seine Schwiegermutter für Clara ein Kleid genäht hatte, dessen Kauf ihr der Vater verweigert hatte. "So ein Fetzen" sei völlig unpassend für ein Dorfkind von neun Jahren, er wolle keine etepetete hochnäsige Adelstochter, hatte er getobt, er wolle keine Marzipanprinzessin, sondern ein munteres normales Kind! Seine Tochter solle toben und bolzen und Fahrrad fahren und nicht wie eine geputzte Schnepfe durch die Gegend tippeln. Oh Himmel, was war er damals wütend gewesen!

"Sie soll verdammtnochmal mit den Dorfkindern spielen und nicht dauernd bei dieser üblen alten..." Da hatte Mama ihn schon unterbrochen, mit einer einzigen Handbewegung. Ihr Mund war nur noch ein Strich gewesen, ihr Gesicht ganz blass, aber sie explodierte nicht. Sie stieß nur ein warnendes "Bitte, Gert!" hervor und fügte hinzu: "Clara ist gern bei ihr. Bei - meiner Mutter, Gert." Paps war hinausgestürmt, er hatte Tränen in den Augen gehabt, das hatte Clara gesehen, und er ließ die Tür hinter sich zukrachen.

Clara war total erschrocken gewesen und hatte sich lieber in ihr Zimmer verkrochen. Sie hatte schon mitgekriegt, dass ihr Paps Großmama nicht leiden konnte, die kam auch nur selten ins Haus. Höchstens mal, wenn es eine Feier gab, zu der auch viele andere Leute eingeladen waren. Clara hatte das nicht verstanden. Sie hatte Großmama gefragt, warum das so wäre. Die hatte die Augenbrauen hochgezogen und mit den Schultern gezuckt. "Das ist manchmal so zwischen Schwiegersöhnen und Schwiegermüttern!", hatte sie seufzend erklärt. "Dein Vater hat Aversionen gegen den Adel, das ist es wohl." Davon verstand Clara nichts, aber sie hat-

te nicht weitergefragt, die Erklärung hatte ihr genügt. Großchen war dabei, ihr einen Pullover zu stricken, den sollte sie anprobieren, und sie wollten auch noch Plätzchen backen, obwohl Clara ja eigentlich zu ihrer Freundin Sabine hatte gehen wollen, zum Spielen.
Hatte Michael sie eigentlich nie begleitet zur Großmutter?

"Suchen Sie jemanden?"
Clara fuhr zusammen.
Eine ältere Frau stand plötzlich im Vorgarten und sah Clara neugierig und misstrauisch an.
"Oh, Entschuldigung - nein, nein, ich suche niemanden.", stotterte sie. "Ich war etwas in Gedanken." Sie lächelte der Frau zu. "In diesem Haus hat früher mal meine Großmutter gewohnt, wissen Sie, und ich habe sie hier oft besucht!" Die Frau war offensichtlich beruhigt, fragte nach dem Namen und schüttelte dann den Kopf. Nein, der Name sei ihr nicht bekannt, aber sie wohne auch noch nicht so lange hier im Ort.
Clara verabschiedete sich freundlich und ging eilig davon.
Auf dem Rückweg ins Dorf fielen ihr einige Namen ein von Familien, die sie vielleicht aufsuchen und

befragen könnte. Allerdings sollte sie das wohl besser am späten Nachmittag versuchen oder am Abend. Dumme Idee, gleich am Morgen hierher zu fahren. Aber das Herumschlendern und Sicherinnern war schön gewesen, auch wenn es sie aufgewühlt hatte. Sie würde ins Städtchen zurückfahren und abends noch einmal herkommen.

Nur zum Friedhof wollte sie jetzt noch gehen. Das würde ein schöner Spaziergang sein, denn der Friedhof lag am anderen Ende des Dorfes, an einem flach ansteigenden Hang.

Auch dort war es menschenleer, nur an den Rosenrabatten vor der Kapelle machte sich ein alter Mann zu schaffen. Als Clara ihn grüßte, richtete er sich auf. Er sah sie an, schien erstaunt oder verwirrt und grüßte erst nach einer Weile des Starrens zurück. Clara nickte ihm lächelnd zu und ging weiter. Komischer Typ. Na ja, wahrscheinlich war er überrascht, dass um diese Tageszeit hier ein Mensch auftauchte.

Als sie sich nach ein paar Schritten umdrehte, stand er da, auf seine Hacke gelehnt, und sah ihr nach.

Das Grab war gepflegt und ordentlich, von Bodendeckern bewachsen. Ein einzelner Rosenbusch blühte weiß neben dem Grabstein, einer schmalen Stele, in den Name und Lebensdaten eingraviert

waren. Auf der anderen Seite noch ein üppiger Lavendelbusch. Ein Einzelgrab. Kein Platz für Familie. Aber das ist doch kein Ort für Paps, dachte Clara. So allein. Nein. Hier ist nichts von ihm. Zu einsam. Das machte sie traurig. Aber seltsamerweise erleichterte es sie zugleich. Dann muss er woanders sein, dachte sie weiter. Und: Was würde er wohl zu ihrer Suche sagen?
Sie wandte sich zum Gehen. Zuckte zusammen. Hinter ihr, in respektvoller Entfernung, stand der alte Mann. Er grüßte sie noch einmal. Zögernd nickte sie ihm zu, unschlüssig, was sie machen sollte. Was wollte er?
Er machte ein paar Schritte auf sie zu.
"Bist du nicht die Tochter?" Der Mann wies knapp mit dem Kinn in Richtung Grab.
Clara nickte.
Er fixierte sie, mit leicht zusammengekniffenen Augen, dann nickte er und grinste.
"Bist ihm wie aus dem Gesicht geschnitten. Unglaublich!" Er schüttelte den Kopf. Nachdenklich kratzte er sich am Kinn und runzelte die Stirn.
"Aber - deinen Namen weiß ich nicht mehr. Caroline, oder so?"
"Clara. - Aber, ehrlich gesagt..."

"Mersberg. Mersbergs Klaus." Er machte eine kleine Verbeugung. "Hab ihn ganz gut gekannt, deinen Vater. Prima Kerl. Schade drum." Er nickte ein paar Mal vor sich hin. Dann sah er wieder zu Clara hin. "Ihr seid ja schnell weg, damals, nach seinem - seinem Unfall. Deine Mutter war wohl nicht so gern hier, stimmt's?"
Clara nickte.
Mersberg zog eine verbeulte Schachtel Zigaretten aus der Jackentasche und klopfte sich eine heraus. "Du auch?" Er hielt ihr die Schachtel hin.
"Eigentlich hab ich aufgehört." Sie lachte verlegen. "Aber - doch. Gern, danke." Sie zog eine Zigarette heraus, er nestelte ein Feuerzeug aus der Tasche und reichte es ihr.
Sie standen eine Weile, rauchten und schwiegen. Setzten sich dann ohne weiteres Reden in Bewegung und gingen langsam nebeneinander zur Kapelle. Auf dem Mäuerchen ließen sie sich nieder.
"Und deine Mutter?"
Clara berichtete.
"Ah. Tut mir leid." Er fuhr fort, sie ein bisschen auszufragen. Ehemann? Kinder? Beruf? Sie gab willig Antwort, überlegte dabei, ob sie ihn vielleicht ...

"Und was hört ihr von Michael?" Clara zuckte zusammen. Ihr Herz klopfte zum Zerspringen. "Ist er noch in Frankreich? Oder war das Spanien."
"Wir...nee...ich meine...",stotterte sie, "nee, ich weiß gar nichts von ihm. Gar nichts."
Sie bemerkte das Erstaunen auf Mersbergs Gesicht und hob hilflos die Schultern. "Deshalb bin ich hier. Ich will ihn suchen. Meine Mutter wollte das, zuletzt."
"Ach. Wollte sie. Soso." Mersberg sah sie erstaunt an. "Nichts?"
"Nein." Sie schüttelte den Kopf und starrte auf ihre Schuhspitzen. "Er hat sich nie wieder bei uns gemeldet." Sie schwieg und fuhr dann leise fort: "Soweit ich weiß. - Ich war ja noch klein, als er wegging!", fügte sie entschuldigend hinzu. Sie schämte sich.
"Ach ja, stimmt." Er nickte nachdenklich vor sich hin und schwieg.
Claras Aufregung wuchs. Wieso wusste der Mann, was mit Michael war? Was wusste er?
"Und - und woher wissen Sie...?"
Klaus Mersberg zuckte die Schultern. "Der Uwe, von Ellerbroks der Älteste, hatte wohl immer mal wieder von ihm gehört. Die waren ja dicke befreundet." Wieder zuckte er die Schultern. "Mehr weiß ich

nicht. Na ja - Dorfklatsch, natürlich. Gab's ja reichlich, als er damals weg ist. Klar, das ja. Wie die Leute so sind."

Die Ellerbroks hatten in einem schäbigen großen Miethaus am Dorfrand gelebt, das irgendwann nach dem Krieg gebaut und nicht weiter gepflegt worden war. Clara wusste nur, dass sie "arme Leute" waren, der Vater arbeitslos, die Mutter Putzfrau. Sie erinnerte sich auch, dass die Bewohner dieses Hauses schlecht angesehen waren im Dorf. Außenseiter, die "es nicht geschafft hatten". Ihre Mutter sprach allerdings mit Hochachtung von ihnen. "Die halten sich ordentlich!", pflegte sie zu sagen. An Uwe konnte sich Clara gut erinnern - seine Hochzeit mit Silke, der Tochter des alteingesessenen Bäckers, erregte Aufsehen im Dorf. Riesenhochzeit. Da war Michael aber schon nicht mehr da.

"Dorfklatsch?" Clara fragte es zögernd.

Mersberg machte eine wegwerfende Handbewegung. "Lass man. Das ist so lange her." Es war offensichtlich, dass er nichts erzählen wollte. "Ich muss dann mal,", beendete er das Gespräch, stand auf und reckte sich. "Das lange Sitzen ist nichts für meine alten Knochen!", grinste er.

Clara hätte ihn gern weiter ausgefragt. Aber wie sollte sie das anstellen. Sie konnte ihn ja schlecht am Jackenzipfel festhalten. Sie stand ebenfalls auf.
"Wohnt denn der Uwe noch hier?"
Klaus Mersberg schüttelte den Kopf. "Die Bäckerei hat ja schon lange dicht gemacht. Die jungen Leute, also Uwe und seine Frau, sind weggezogen." Er zog die Augenbrauen zusammen und kratzte sich nachdenklich am Kopf. "Warte mal. Die haben doch jetzt eine Bäckerei in der Stadt. Tüchtiger Junge, weiß Gott." Er nickte anerkennend. "Konditorei. Mit Café. Ich meine, es ist das am Schlosspark." Er nickte ihr noch einmal zu und grinste. "Findste schon. Viel Glück!" Er wandte sich wieder den Rosenrabatten zu.
"Danke! Vielen Dank!", rief Clara ihm hinterher. Dann ging sie eilig zu ihrem Auto.

"Sagen Sie - ich würde gern ihren Chef sprechen. Herrn Ellerbrok." Clara bemühte sich, trotz ihrer Aufregung mit fester Stimme zu sprechen. "Ist das möglich?"
Erschrocken sah die Bedienung auf, die ihr gerade das Wechselgeld hingelegt hatte. "War etwas nicht in Ordnung?"

Clara schüttelte kurz den Kopf und versuchte zu lächeln. "Nein, nein, alles war bestens." Es handle sich um etwas Privates. Ob sie wohl dem Chef ausrichten könne, Clara Hinrichs wolle ihn gern sprechen, die Schwester von Michael Hinrichs. Ob er Zeit habe.
Die junge Frau warf ihr einen neugierigen Blick zu, nickte und verschwand.
Nach wenigen Minuten kam sie zurück und legte Clara eine Geschäftskarte des Cafés auf den Tisch. "Bitte sehr."
Café Am Schlosspark. Die Adresse. Mit einer hübschen kleinen Zeichnung.
Clara sah auf die Rückseite der Karte.
Inh. Uwe und Silke Ellerbrok. Ein Kringel um die Privatadresse. Bitte um 20 Uhr dort. Gruß U.E.

Der Nachmittag zog sich endlos hin. Clara wanderte in der Stadt umher, ging durch altbekannte Straßen, Erlebnisse aus der Schulzeit fielen ihr ein. Endlich war es Zeit, dass sie sich auf den Weg machte.
Die angegebene Adresse war eine Villa, vielleicht aus den zwanziger Jahren, mit Holzvorbau und kleinem Balkon im Giebel und mit üppig bepflanz-

tem Vorgarten, gar nicht weit vom Stadtzentrum gelegen.
Clara erkannte die Frau, die ihr die Tür öffnete.
"Clara Hinrichs, nicht? Das Clärchen." Die Frau hatte auch sie sofort erkannt. Sie lächelte und reichte ihr unbefangen die Hand. "Das ist ja eine Überraschung." Sie musterte Clara ohne Scheu, lachte und konstatierte: "Ganz der Vater. Schön!"
Ein Mann erschien. Uwe, unverkennbar. Auch er musterte Clara, aber eher ernst.
"Hallo, Clara. Ja, das ist eine Überraschung. Kommen Sie rein. - Hier, bitte." Er hielt ihr eine Tür auf. "Mein Arbeitszimmer - da sind wir ungestört." Er grinste. "Die Familie weiß, dass sie mich hier nur stören darf, wenn's um Leben und Tod geht. - Bitte." Er wies auf einen schweren runden Holztisch mit altertümlichen Polsterstühlen, eine gemütliche Insel in diesem sachlichen Raum, in dem Regale voller Aktenordner und Ablagen standen und der Schreibtisch mit Papieren bedeckt war.
Dann saßen sie sich gegenüber. Clara spürte eine starke Anspannung.
Ellerbrok sah sie erwartungsvoll an. Neugierig und prüfend, fand sie.
Wie sollte sie bloß anfangen.

"Ich - ich suche Michael,", platzte sie schließlich einfach heraus, "meinen Bruder."
"Ach." Er lehnte sich zurück und verschränkte die Arme vor der Brust. "Hm. Und - wie kommen Sie darauf, dass gerade ich..."
"Das hat mir Klaus Mersberg gesagt. " Sie berichtete von ihrem Besuch im Dorf, dem Zusammentreffen mit Mersberg auf dem Friedhof. Allmählich löste sich ihre Anspannung.
Wie sie darauf komme, gerade jetzt nach Michael zu suchen, wollte er wissen.
Es sei der Wunsch ihrer Mutter gewesen. Clara schilderte in knappen Worten die Situation.
"Das tut mir leid, Frau Hinrichs, mein Beileid."
Er schwieg und musterte sie nachdenklich.
"Sie waren noch sehr klein, als Michael wegging, oder?"
Clara nickte.
"Und Ihre Familie hat nie wieder von ihm gehört, richtig?"
Wieder nickte Clara. Wieder Schweigen.Clara sah auf ihre Hände, die verknäuelt in ihrem Schoß lagen. Schließlich hob sie den Kopf.
"Und es wurde nie mehr von ihm geredet. Jedenfalls nicht, wenn ich dabei war." Sie merkte, wie sie rot wurde. Aber sie wollte das jetzt loswerden. "Ich

hatte ihn ganz und gar vergessen.", flüsterte sie. Sie schluckte.

Ellerbrok schien darüber nicht erstaunt. Er nickte. "Na, ich vermute, das sollte so sein."

Clara sah ihn erstaunt an. "Meine Eltern haben sehr gelitten, damals..."

"Sicherlich; besonders Ihr Vater, denke ich.", nickte er. "Aber, was Sie vielleicht nicht wissen, sind die Gerüchte, die im Dorf gestreut wurden. Über den bösen Buben. So dass mit Rücksicht auf die armen Eltern höchstens hinter vorgehaltener Hand geredet wurde." Er lachte kurz auf. "Na ja, und bei Ihnen zu Hause - ich denke, Ihre Eltern wollten Sie schonen. Und sich selbst auch. Vielleicht."

Sie schwiegen.

Draußen war es jetzt dunkel. Man hörte, dass es zu regnen begonnen hatte. Im Haus waren Kinderstimmen zu hören. Uwe lächelte. "Unsere beiden Kleinen!", erklärte er und fügte hinzu: "Meine Älteste hat früh angefangen mit dem Kinderkriegen. Und meine Frau ist glücklich, wenn sie die zwei mal hier hat."

"Ab ins Bett!" Das war Silkes energische Stimme. Dann: Getrappel von Kinderfüßen die Treppe hinauf.

Uwe wandte sich wieder seinem Gast zu.

"Ihre Großmutter lebt nicht mehr, nehme ich an?"
Clara nickte.
"Sie waren sehr eng mit ihr, nicht?", fragte Uwe weiter. Clara wunderte sich etwas über diese Bemerkung - was hatte das mit Michael zu tun? Aber sie berichtete bereitwillig. Wie wichtig die Großmutter für sie gewesen sei, wie schmerzhaft ihr Verlust. Sie verdanke ihr so viel. Obwohl - oder vielleicht sogar weil? - sie auch sehr streng und bestimmend war und Widerworte gar nicht mochte. "Einfach war das nicht immer.", schloss sie. "Aber es hat mir nicht geschadet, denke ich. Im Gegenteil."
Uwe sah sie an und nickte langsam. "Hmhm." Mehr sagte er nicht dazu.
Wieder gab es eine Pause. Dann fuhr er fort:
"Was Michael angeht - ja, in der Tat, ich hatte und habe Kontakt mit ihm. Wenn auch eher sporadisch in letzter Zeit. Aber erzählen kann ich Ihnen nichts. Da gibt es ein Versprechen, wissen Sie, und das halte ich. Aber natürlich werde ich ihm berichten von Ihrem Besuch und von Ihrem Wunsch. Dann" - Ellerbrok zuckte mit den Schultern - "muss er entscheiden. Ob er mit Ihnen Kontakt haben will oder nicht."
Er stand auf, gab aber Clara mit einer raschen Handbewegung zu verstehen, sie möge sitzen blei-

ben. Er fände es schön, wenn sie jetzt ein Glas Wein zusammen trinken würden und sie noch ein bisschen von sich erzähle. Ob seine Frau dazu kommen dürfe. Clara nickte.

***

Clara nahm die Landschaft kaum wahr, die am Zugfenster vorbeiglitt. Sie war verwirrt und traurig und glücklich.
Am Abend vorher hatten sie noch lange zusammengesessen. Sie hatte das Wenige, was ihr von Michael in Erinnerung geblieben war, erzählt. Und hatte nicht verschwiegen, dass sich im Nachlass ihrer Mutter nicht der geringste Hinweis auf Michaels Existenz gefunden habe. Die Ellerbroks schienen nicht erstaunt darüber.
"Aber - Ihr Vater? Was war mit ihm?", hatte Uwe nur gefragt.
Clara hatte den Kopf geschüttelt. "Ich weiß es nicht. Ich glaube, das einzige Mal, dass ich ihn habe weinen sehen, war, als ich ihn nach Michael gefragt habe, damals." Sie hatte ein paar Mal schlucken müssen. "Ich habe ihn nie mehr gefragt. Ich wollte nicht, dass er weint, vermutlich." Sie hatte nicht weiterre-

den können, und auch die Ellerbroks hatten geschwiegen.
"Aber wie konnte ich ihn bloß vergessen? Und warum das alles?"
Diese Fragen kreisten auch jetzt noch in ihrem Kopf.
Lange hatten sie noch gesessen und erzählt. Clara hatte ihnen ihre Telefonnummer, Mailadresse und Postadresse aufgeschrieben.
"Ich gebe Ihnen Bescheid, sobald ich Michael benachrichtigt habe!", hatte Uwe versprochen. Dann hatte er gegrinst und bedauernd die Hände ausgebreitet:"Aber stellen Sie sich auf einige Wartezeit ein, Clara!"

Schon nach wenigen Tagen bekam Clara von Uwe Ellerbrok die Nachricht, dass er Michael von ihrem Besuch berichtet und ihm ihre Daten mitgeteilt habe. Alles Weitere sei nun ihm überlassen.
Von Michael kam nichts.
Als Clara wieder einmal mit einem geseufzten "Wieder nichts!" abends ihr Smartphone beiseite legte, setzte sich Markus zu ihr aufs Sofa und legte den Arm um sie.
"Clärchen, du musst auch damit rechnen, dass er vielleicht gar nichts mit dir zu tun haben möchte.

Mit - seiner Vergangenheit." Er schwieg. "Nach dem wenigen, was Ellerbrok dir erzählt hat. Es scheint doch ein richtiger Bruch gewesen zu sein, oder?"
Clara zuckte die Schultern. "Keine Ahnung. Ich hab mir schon so das Hirn zermartert, ob mir nicht etwas einfällt. Irgendeine Bemerkung." Sie schüttelte den Kopf. "Nichts."
"Am meisten erstaunt mich,", fuhr Markus fort, "dass deine - eure - Mutter so eisern geschwiegen hat. Hat sie das so total verdrängt?"
"Disziplin, du weißt ja. Preußische Contenance." Clara seufzte, und Markus grinste: "Oh ja, ich weiß!"
"Und dann - vielleicht hat Paps' Tod für sie alles überschattet?", fuhr Clara fort. "Oder - ", sie zögerte, "- vielleicht war Michael nicht gerade ein Wunschkind? Oder -" sie zog die Augenbrauen hoch - "vielleicht war er nicht von Papa? Immerhin, dunkle Augen, schwarze Locken... " Sie sah Markus fragend an. Der zuckte die Schultern. "Passt nicht ganz zu deiner Mutter, oder? Obwohl, man weiß ja nie..." Er konnte sich ein Grinsen nicht verkneifen. "Entschuldige. - Wir werden's nicht rauskriegen, Clara. Immerhin, dein Vater hat ja wohl sehr an ihm gehangen."
Clara drehte nachdenklich an ihrem Ring mit dem Rosenquarz, ein Erbstück von ihrer Mutter. "Je

mehr ich darüber nachdenke, desto deutlicher wird mir, wie wenig ich über meine Eltern weiß. Über ihre Ehe." Sie schüttelte den Kopf. "Nichts, letztlich. Meine Mutter erzählte wenig ganz Persönliches oder gar Intimes. Nein. Darüber redet man doch nicht. Und Punkt. Und ich - ich hab mich nicht getraut zu fragen." Wieder seufzte sie. Dann sah sie Markus an. "Manchmal bin ich stinksauer auf Paps. Warum musste er damals mit dem verdammten Motorrad rumfahren."

Es gab schlaflose Nächte. Nutzloses Kopfzerbrechen. Clara ging zur Arbeit, unterrichtete ihre Schüler, lebte ihre Routine, registrierte den Herbst und das fallende Laub, wenn Markus sie zu einem Spaziergang zwang. Aber eigentlich war sie nur dabei zu warten.
Keine Nachricht von Michael.
Einmal schrieb sie eine Mail an Uwe, weil sie es nicht mehr aushielt. Ob es Sinn mache, noch weiter zu warten?
"Haben Sie Geduld, Clara. Sowas braucht Zeit. Ich drücke Ihnen die Daumen. Viel Glück!" Das las sich nicht so, als wäre er davon überzeugt, dass Michael sich jemals melden würde bei ihr.

Sie hatte einen Weg aus ihrer Anspannung gefunden und begonnen, alles aufzuschreiben, was ihr von Michael einfiel. Je mehr sie aufschrieb, desto mehr Erinnerungen kamen zurück, obwohl sie durchweg vage und blass waren, bloße Augenblicke. Manchmal - selten - hatte sie seine Stimme im Ohr.

Anfang Dezember kam eine E-Mail.
"Ich weiß nicht, was ich schreiben soll. Komm einfach, wann immer du willst. Ich bin da.
Michael."
Eine Adresse in Frankreich. Michel Bertin. Michel? Bertin? War das überhaupt ihr Michael?
"Na ja, vielleicht hat er den Namen seiner Frau angenommen!", fand Markus schnell eine Erklärung.
Uzès. Eine kleine Stadt in der Provence. Nicht weit von Nîmes.
"Komisch." Clara schlug das Herz plötzlich bis zum Hals. "Dort sind wir gewesen, Paps und ich." Hatte ihr Vater etwas geahnt? Gewusst?
Markus zuckte die Schultern. "Wir werden das nicht mehr erfahren, Clara. Das heißt, vielleicht doch..."
Ehe Clara den Vorschlag machen konnt, nickte er und sagt: "Nach den Weihnachtsfeiertagen. Aber bitte fliege oder fahr mit dem Zug. Es gibt ja Mietau-

tos." Diesmal schlug er nicht vor mitzukommen. Das war eine Sache von Bruder und Schwester. Er seufzte nur und nahm sie in die Arme. "Bitte vergiss nie: wenn's irgendwie brennt oder zwickt - ich bin da. Und kann auch kommen, notfalls."

Michael

Es war später als gewöhnlich, als Michael von seiner letzten Baustelle zurück nach Hause fuhr. Den langen und kurvenreichen Weg aus dem Gebirge heraus empfand er als Genuss. Ablenkung von einem anstrengenden Tag. Der Bauherr hatte immer neue Wünsche; leider meist solche, die mit dem Charakter dieses schönen alten Landhauses nicht vereinbar waren. Michael musste sein ganzes diplomatisches Geschick einsetzen, um ihn von irgendwelchen absurden Modernisierungsideen abzubringen. Nicht umsonst hatte er sich über die Jahre einen Ruf als Fachmann für die Restaurierung alter Gebäude erworben.

Oft dachte er voller Dankbarkeit an seinen Großvater. Der hatte es nicht hinnehmen wollen, dass Michael lediglich als geschickter Maurer und Gärtner sein Leben verdiente.

Er hatte ihm nicht nur geholfen, sehr schnell sein Französisch zu verbessern und zu vertiefen, sondern hatte nicht aufgehört zu drängeln: Junge, mach dein Abitur nach. Geh zur Hochschule. Mach was aus deinen Talenten.

Und er hatte, was nicht unwichtig war, mit seinem Sohn Klartext geredet, der von Michaels Erscheinen in seiner französischen Familie nicht begeistert gewesen war, da er selbst zwei Söhne und eine Tochter hatte und um deren Erbteil fürchtete. Der Großvater hatte ihn mit pastoraler Gelassenheit an die christlichen und familiären Pflichten erinnert, die er gegenüber dem Sohn seiner verstorbenen Schwester habe, und er hatte die Vorbehalte und Ängste des Sohnes zerstreuen können.

Michael überlegte, ob er wohl am kommenden Wochenende Zeit finden würde, am alten Haus des Großvaters weiter zu arbeiten. Bis zum Spätherbst sollten die grundlegenden Sanierungsarbeiten möglichst abgeschlossen sein, dachte er.

Der alte Herr hatte sich den Erhalt des Hauses gewünscht, hatte in seinem Testament einiges Geld dafür bestimmt. Es war für Michael und seine Cousins eine Selbstverständlichkeit, dem Wunsch des Großvaters nachzukommen. Immerhin war das Gebäude seit Generationen im Familienbesitz. In einiger Entfernung von der Hauptstraße und auch vom Dorf, auf einer Waldlichtung gelegen, war es zu Zeiten ein Refugium für Protestanten gewesen. Und immer auch eins für - Bücher. Michaels einzige Kindheitserinnerung an den Ort - er mochte damals

drei oder vier gewesen sein - waren die schmalen langen Flure voller überquellender Bücherregale. Wie ein Schloss war ihm das Haus damals vorgekommen. In den vergangenen Jahren hatte es die Familie als Feriendomizil benutzt, und das sollte auch in Zukunft seine Bestimmung sein. Wobei es Michaels geheimer Traum war, irgendwann ganz dort zu leben. Allein. Oder vielleicht mit Valérie. Vielleicht.
Eine halbe Stunde später saß Michael in der Sofaecke und sah aus dem offenen Fenster, die Beine weit von sich gestreckt, neben sich ein kleines Glas Rotwein. Erst einmal durchatmen... Von den Bäumen fielen schon die ersten Blätter. Wie wunderbar das Gelb der Platanen in der Abendsonne leuchtete. Von draußen hörte er Menschenstimmen und hupende Autos. Feierabendstimmung in der kleinen Stadt....
Bevor er zu Valérie fuhr, brauchte er eine Pause. Er liebte ihre beiden Jungen (Valérie liebte er natürlich auch!), aber sie waren auch anstrengend. Vielleicht war er doch zu alt für so eine junge Familie. Valérie war vierzehn Jahre jünger als er, die Jungen waren zehn und acht Jahre alt. Scheidungskinder. Das Telefon klingelte. Michael sah auf die Uhr. Es war 8 Uhr vorbei. Das würde Valérie sein.

Nein, es war Uwe, der alte Freund aus Kindertagen. Wie lange war es her, dass sie miteinander telefoniert hatten?
"Mensch, Uwe! Wie schön, dass du dich meldest."
"Micha." Er habe eigentlich nicht viel Zeit heute zu Reden, sagte Uwe, aber es gebe Neuigkeiten, die er ihm doch gern ohne Verzögerung mitteilen wolle.
"Gute oder schlechte?", wollte Michael wissen.
"Keine Ahnung,", erwiderte der Freund. "Deine Schwester sucht dich."
Schweigen.
"Clara...das Clärchen,", sagte Michael leise. "Wirklich? Und warum?"
Uwe berichtete.
Claras Daten werde er ihm per E-Mail schicken. Aber die Tatsache an sich habe er ihm mündlich mitteilen wollen. Übrigens habe er sich natürlich an ihre Abmachung gehalten und Michas Anschrift und so weiter nicht weitergegeben. Sein Freund solle selber darüber entscheiden, ob und wann er einen Kontakt haben wolle.
"Danke. Danke, mein Lieber!", war alles, was Michael antwortete.
Nach einem weiteren Schweigen verabschiedeten sie sich voneinander. Michael wusste, dass Uwe ihn verstand.

Valérie fiel auf, wie schweigsam ihr Freund war. Aber das kannte sie von ihm. Aus Erfahrung wusste sie, dass es nicht klug war, dann in ihn zu dringen. Irgendwann würde er aus seiner Austernschale herauskommen und reden.
Sie sah in sein verschlossenes Gesicht und dachte: Es wäre doch alles viel leichter, wenn er mehr von sich erzählen würde. Was weiß ich schon von ihm. Dass seine Mutter Musikerin gewesen und dass er in Deutschland aufgewachsen ist (und deshalb immer noch diesen süßen Akzent hat); dass er als Jugendlicher hierher zum Großvater gekommen ist. Na gut, so sehr lange kannten sie sich noch nicht. Würde schon werden. Valérie hatte sich Geduld verordnet.
Ihre beiden Söhne liebten Michael. Und er sie auch. Was für ein Glücksfall. Valérie war immer wieder überrascht, wie zuverlässig und - ja: berechenbar er mit den beiden umging. Obwohl sie jetzt schon in ihren Betten lagen (und eigentlich schlafen sollten, was sie aber nicht taten), ging er als erstes zu ihnen. Setzte sich auf die Bettkante, hörte sich die "Reportagen des Tages" an, wie er es nannte. Das war ein festes Ritual, wenn er sein Kommen versprochen hatte, das musste eingehalten werde, auch wenn er

sich verspätete. An Verabredungen mit den Kindern hielt er sich unverbrüchlich.
"Ich könnte glatt eifersüchtig werden!", hatte sie einmal im Scherz bemerkt. Aber er hatte nur den Kopf geschüttelt. "Nicht nötig!", hatte er ganz ernsthaft geantwortet. "Aber Versprechen Kindern gegenüber muss man einhalten. Immer."
Valérie hatte geseufzt. Wenn ihr Ex-Mann bloß auch so pflichtbewusst und treu gewesen wäre.
Sie hörte, wie Antoine, der ältere von beiden, von seinem Erfolg im Fußball erzählte.
"Zwei Tore habe ich geschossen, Michel! Einen Elfer, den hat nicht mal Thierry halten können, und..."
"Jetzt lass mich auch mal erzählen!", krähte Jules dazwischen. "Immer redest du so viel!" Streit drohte auszubrechen, den Michael schnell schlichtete mit der ruhigen Ankündigung, er sage sofort Gute Nacht, wenn sie nicht aufhörten mit dem Geschrei. Umgehend ebbten die Wogen ab, leise plätscherte das Gespräch weiter.
Endlich kam er.
Auch beim Essen erzählte Michael nichts von dem, was ihn bewegte. Er fragte Valérie nach dem Stand der Verhandlungen über das Haus ihrer Mutter; ein kleines altes Steinhaus mitten in dem Dorf, zu dem auch das Haus seines Großvaters gehörte. Valérie

und ihre ältere Schwester Julie planten, im Haus zwei Ferienwohnungen einzurichten. Der Tourismus in der Region hatte in den letzten Jahren zugenommen und die Lage des Dorfes an einem Flüsschen, schon ein paar Kilometer in das waldreiche Gebirgstal hinein, war nicht schlecht. Ihre Mutter sollte im Haus wohnen bleiben, jedenfalls nach den notwendigen Umbaumaßnahmen, und sie würde sich natürlich am Betreiben des Unternehmens beteiligen. Das alles musste durchdacht, geregelt und beantragt werden, und die Behörden...
"Clara sucht mich. Meine Schwester." Ganz unvermittelt, nach ein paar Minuten des Schweigens, sagte Michael das.
"Was?" Valérie, die gerade zwei Schüsseln vom Tisch aufgenommen hatte, stellte sie wieder ab, setzte sich und starrte Michael erstaunt an.
"Du hast eine Schwester?"
Michael nickte. "Sie war noch klein, als ich von dort wegging. Vier oder fünf, glaube ich." Nachdenklich sah er seine Freundin an. "Dein Jahrgang, so ungefähr. Ja, ich glaube, das haut hin."
"Ah." Es gab eine Pause.
"Und? Weiß sie denn nicht, wo du lebst?", fuhr Valérie fort.
Michael schüttelte den Kopf.

Valérie machte große Augen.
"Aber - du wirst sie doch einladen, nicht wahr?"
Keine Frage, ein Aufforderung.
"Ich weiß nicht." Michael zuckte die Schultern. "Ich weiß es wirklich nicht."
Valérie schüttelte den Kopf und seufzte. "Michel,", sagte sie nur.

Die folgenden Wochen waren überaus arbeitsreich und ließen Michael kaum Zeit, Gedanken nachzuhängen. Der Oktober war, wie es sich gehörte, sonnig und noch relativ warm, und da sich auch der November ungewöhnlich trocken anließ, sollte die Zeit genutzt werden, um die augenblicklich laufenden Projekte mindestens "unter Dach" zu bekommen. Dann konnten die Handwerker in den regnerischen Monaten den Innenausbau vornehmen.
Die Wochenenden gehörten den Arbeiten in Grandpères Haus. Da weder sein Cousin Gilles noch dessen Söhne Vincent und Jean-Philippe aus dem Baufach kamen, musste Michael möglichst oft bei den Arbeiten vor Ort sein. Aber auch hier ging es einigermaßen gut voran, das Haus würde wohl rechtzeitig winterfest sein und es würde hoffentlich keine neuen Stellen mit Feuchtigkeit und Schimmel geben.

Keine Zeit also für die Gefühlsturbulenzen, in die er nach Uwes Anruf geraten war. Alter Schmerz war wieder hochgekommen, Wut über Verletzungen. Die Trauer über den frühen Tod seiner Mutter. Die Trauer um seinen Vater, die er nur kurze Zeit zugelassen hatte, als Uwe ihm damals von dem tödlichen Unfall berichtet hatte. Das schlechte Gewissen gegenüber diesem Vater, der für ihn, Michael, so viel auf sich genommen hatte. Wie sehr hatte er sich darauf gefreut, seinem Vater zu erzählen, was aus ihm geworden war. Und dann... Der Unfall des Vaters war genau in dem Jahr passiert, das Michael für ein Wiedersehen geplant hatte.
Hatte er seinem Vater Leid zugefügt? War es am Ende gar kein Unfall gewesen, sondern... Diesen Gedanken hatte Michael nicht zu Ende denken wollen. Dann kamen die Träume.
Die kleine Clara, sein Clärchen, sie rannte auf ihn zu, lachend, um sich von ihm auffangen zu lassen, sie warf ihm kleine Papphäuschen zu, die er auffangen musste, erst dann würde er auch Clara auffangen dürfen. Doch wenn er sie greifen wollte, löste sie sich auf und war verschwunden. Sein Vater. Das Lächeln, das sein Gesicht so jungenhaft machte. Der ihn zu sich zu winken schien, und wenn Michael hinrennen wollte, kam er nicht vom Fleck, und der

Vater ging weiter und weiter, ihm immerzu winkend. Und einmal sah er seine Eltern zusammen im Traum, Mamans schwarze Locken, Papas blondes glattes Haar, ja, das waren sie! Er konnte sie nur von hinten sehen; Papa hatte den Arm um Mamans Hüfte gelegt, sie lachten zusammen. Er versuchte sich anzuschleichen, um sie nicht zu verjagen, er wollte einmal mit beiden zusammen sein, ein einziges Mal wenigstens mit beiden zusammen! aber er kam nicht hin...

Michael musste längere Autofahrten unternehmen, um die richtigen Dachziegeln für die Restaurierung des alten Landhauses zu besorgen, und außerdem gab es in einem Depot brauchbares Alt-Material zu begutachten und möglicherweise aufzukaufen - auf diesen Fahrten gab es dann doch auch Zeit zum Nachdenken, jedenfalls manchmal.
Seine Vergangenheit...Er war jetzt 48, sollte er da nicht in der Lage sein, sich ihr zu stellen? Fast war er Valérie dankbar, die keine Ruhe gab, seit er Claras Suche erwähnt hatte. Immer wieder fragte sie ihn, was er denn nun machen wolle. Und sie bekannte freimütig : ja, sie sei neugierig. Natürlich! Denn: was wisse sie schon von ihm. Außer dass er ein tüchtiger Baumeister sei und überaus charmant

und als Mann - hmhmhmmm...Dann grinste sie nur frech und zwinkerte ihm zu und schaffte es immer, das alles nicht allzu gravierend erscheinen zu lassen. Was war denn dabei, alte Geschichten aufzuwecken, das müsse wohl jeder mal, und wenn man dann seine kleine Schwester wiederfinde, quasi als Belohnung, na! das sei doch wunderbar!

Wenn ich Valérie auch noch vergraule, dachte Michael, dann hab ich wirklich nichts besseres verdient als Einsamkeit. Warum traue ich mich nicht, dachte er, als er wieder einmal abends von ihr nach Hause fuhr. Niemals bleiben. Bloß nicht zuviel Nähe. Immer die alte Angst, irgendwann verlassen zu werden. Aber Valérie. Ihr kann ich doch vertrauen. Sie würde niemals wegrennen. Oder?

In irgendeinem Winkel bei dir sitzt etwas und kratzt und kneift, hatte sie mal gesagt. Das quält dich. Das seh ich in deinen Augen. Lass es doch mal raus.

Dabei kannten sie sich zu dem Zeitpunkt noch gar nicht lange. Valérie hatte eine halbe Stelle in einem Seniorenheim und übernahm manchmal auch die häusliche Pflege von alten oder kranken Menschen. Sie hatte Michaels Onkel Laurent in dessen letzten Monaten betreut, und der hatte so manches Mal von ihr geschwärmt. "Michel, das wäre eine für dich!", hatte er ganz offen - in ihrem Beisein! - vorgeschlagen, was Michael rot werden ließ, aber Valérie hatte gelacht und gesagt: "Mal sehen, was sich machen lässt, Monsiuer Laurent!" und dem Onkel zugezwinkert. "Aber ich glaube, Monsieur Michel ist eher ein Einzelgänger!"

Wie lange kannten sie sich jetzt? Fünf Jahre? Sechs? Lange war es bei einer Freundschaft geblieben. Valérie war nach ihrer Scheidung mit zwei Jungen allein, und manchmal brauchte sie jemanden für die beiden, wenn sie am Wochenende arbeitete. Michael übernahm diese Aufgabe gern. Und so - nun ja, hatte es sich ergeben. Valérie war - ach was, er mochte sie einfach. Sie war eben da, in seinem Leben. Ihre lebhafte Art, ihre Wärme zogen ihn an. War sie schön? Darüber hatte er sich nie Gedanken gemacht. Alles an ihr passte zusammen. Ihre große, schlanke Erscheinung. Ihr glattes dunkelbraunes Haar mit dem rötlichen Schimmer, meist im Nacken gebunden, ihre graugrünen Augen, die manchmal frech funkelten, ihre ungewöhnlich blasse Haut mit den Millionen Sommersprossen. "Wahrscheinlich ist mal irgendein Nordländer durch unsere Sippe gegeistert!", pflegte sie die zu erklären, wenn man sie darauf ansprach.

"Ich weiß einfach nicht, was ich schreiben soll!", antwortete er ihr ratlos, als sie wieder einmal nachgefragt hatte, ob er seiner Schwester denn nun Nachricht gegeben habe. "Und telefonieren mag ich schon gar nicht."
"Na, schreib ihr das doch!", schlug die praktische Valérie vor. "Dass du nicht weißt, was du schreiben sollst, und sie soll einfach herkommen. Dann lerne ich sie auch gleich kennen und muss dich nicht erst ausfragen." Sie lachte.
"Manchmal bist du frech!", grinste er. Aber der Vorschlag war gut.
Es war Anfang Dezember, als er seine Mail endlich losschickte.
"Ich weiß nicht, was ich schreiben soll. Komm einfach, wann immer du willst. Ich bin da. Michael."
Am übernächsten Tag kam ihre Antwort.
"Lieber Michael, danke! Ich komme am 27. Dezember. Passt das? Bis Avignon mit dem Zug, dann mit Mietauto. D'accord? Ich freu mich!!! Clara"
"Siehst du!", kommentierte Valérie. "Ist doch ganz einfach." Sie sah ihn prüfend an. "Und du? Freust du dich auch?" Michael erwiderte ihren Blick. Schwieg eine Weile. Dann zuckte er die Schultern, lächelte ein sehr kleines Lächeln und sagte: "Weiß nicht. Aber eher - doch. Ja. Ich glaube schon."

Die Geschwister

Michael steht am Fenster und hat die Straße genau im Blick. Na ja, erkennen wird er sie wohl kaum. Aber auf der Straße sind nicht viele Menschen, es ist kalt, da hat niemand Lust zum Flanieren, und die Touristen bevölkern die Stadt eher im Sommer. Auch der Autoverkehr in dieser Straße ist gering. Jetzt fährt ein kleiner weißer Fiat über die Kreuzung dahinten, stoppt, setzt zurück. Biegt er in diese Straße ein? Nein, Fehlanzeige. Er setzt weiter zurück in die Straße, aus der er gekommen ist. Ganz schön riskant, denkt Michael. Kennt sich wohl nicht aus.

Clara hat sich den Stadtplan eigentlich genau gemerkt, darin ist sie gut. Seine Straße müsste doch die übernächste links sein, oder? Da ist Clara schon über die Kreuzung. Nein, es war doch schon die nächste links. Schnell tritt sie auf die Bremse. Zurücksetzen? Riskant. Egal. Sie dreht sich nach hinten und lässt den kleinen Fiat langsam über die Kreuzung zurückrollen. Kommt nichts von links rechts hinten? Nein. Alles frei gewesen. Puh, Stress.

Hoffentlich findet sie einen Parkplatz. Da, was für ein Glück. Und jetzt los. Mein Gott, ist sie aufgeregt.

Jetzt biegt eine Gestalt um die Ecke - eine Frau - eine junge Frau. Michaels Herz klopft heftig.

Clara hat Herzklopfen wie vor einem Rendezvous, als sie in Michaels Straße einbiegt. Wenn es denn seine ist. Es gibt noch eine des gleichen Namens in einem Vorort. Sie zieht den breiten Schal höher und enger um sich. Ganz schön kalt. Haus für Haus sucht sie die Nummer, überprüft die Namen dort. Manchmal sind die Nummern nur schlecht zu finden, Namen kaum zu entziffern.
Nein, hier ist der Name nicht gewesen. Also auf die andere Straßenseite.

Michael kann die junge Frau ganz gut von hier oben beobachten. Sie geht offensichtlich suchend von Haus zu Haus, eingemummelt in eine dicke Winterjacke und einen bunten Schal, den sie enger zieht, der aber die strohblonden langen Haare sehen lässt. Jetzt wechselt sie auf seine Straßenseite - wo ist sie jetzt, ach da. Jetzt - ist sie vorbei! Warum geht sie denn so schnell!

Ich muss nochmal in mein Smartphone gucken, denkt Clara. Hab mir die Nummer vielleicht doch nicht richtig gemerkt. Warum hab ich das eigentlich nicht in der Jackentasche. Liegt im Auto, hoffentlich. Also hin.

Gleich wird sie um die Ecke biegen und dann - wird sie verschwunden sein! Nein! Bitte nicht!, murmelt Michael hastig, greift sich seine Schlüssel und poltert die Treppe hinunter. Lässt die schwere Haustür hinter sich zukrachen.
Da! Da ist sie noch! Gleich...
"Clara!", schreit er aus Leibeskräften. "Clara!"
Die Frau bleibt stehen und dreht sich um. Sie sieht zu ihm hin. Runzelt die Augenbrauen und geht dann zögernd auf den Mann zu, der ihren Namen gerufen hat.
Er hat dunkle Locken mit viel Grau drin, aber immer noch dunkel, und er hat sehr schwarze Augen, das kann sie sehen. Und jetzt lächelt er, fast genau so wie - wie ihr Vater gelächelt hat, mit diesen ganz speziellen runden Falten von den Nasenflügeln zum Kinn.
Sie stehen sich gegenüber und sehen sich an.
Schüchtern beide. Unsicher.
"Michael?", fragt Clara leise.

"Clara?", flüstert Michael.
Sie lachen ein bisschen verlegen und hilflos, denn sie sind sich ja fremd. Müssen sich erst kennenlernen.
Schließlich hält er ihr die geöffneten Handflächen hin, und sie legt ihre Hände hinein und er hält sie fest.
"Ja - herumschleudern kann ich dich wohl nicht mehr!", meint Michael, und seine Stimme ist heiser.
Clara lächelt. "Schade eigentlich!"
Sie stehen immer noch einfach da, an den Händen gefasst, und müssen ziemlich blinzeln, weil ihre Augen voller Tränen sind, aber dann lassen sie die Tränen einfach laufen.
Endlich traut sich Clara und umarmt ihren großen Bruder, der aber jetzt nicht mehr viel größer ist als sie, und er umarmt sie, sie halten sich eine ganze Weile fest. Dann nimmt er sie an der Hand und sagt: "Komm!"
Wie gut, dass er oben im dritten Stock wohnt und dass es in dem Altbau keinen Aufzug gibt; so haben sie Zeit, um ein bisschen zu sich zu kommen.

Dann saßen sie in dem großen Wohnraum am Esstisch und sahen sich immer wieder an und wurden

ganz ernst. Dagegen half auch der kleine Rotwein nicht, den jeder vor sich stehen hatte.
Natürlich mussten sie von ihrem Vater reden. Die Zeit zurückspulen. Nein, Michael und er hatten sich nicht verabredet, nicht getroffen, damals, als Clara hier mit dem Vater zum ersten Mal Wein getrunken hatte. Es musste Zufall gewesen sein - oder eine Ahnung? - , dass sie ausgerechnet hierher gekommen waren. Ach, was wäre gewesen, wenn... Müßige Fantasien. Wenige Monate später war er verunglückt.
Nein, Michael war weggegangen, um sein Leben allein zu meistern und er hatte wirklich durchgehalten und es geschafft. Obwohl - allein, das stimmte nicht. Aber von ihm später. Erst einmal sollte Clara erzählen.
Das Schwerste zuerst. Mamas Tod. Ihr Wunsch, Clara solle Michael suchen. Das Geständnis, dass erst dieser Wunsch den Bruder wieder in ihr Gedächtnis zurückgebracht hatte. Dass sie ihn ganz und gar vergessen hatte.
Wieder war Clara fassungslos darüber, und wieder flossen die Tränen. Michael nahm ihre Hand, streichelte sie tröstend und sah sie kopfschüttelnd an.
"Mach dir darüber keine Gedanken!", sagte er sanft. "Ich fürchte, das sollte so sein."

Clara sah ihn verwundert an. Genau das hatte doch auch Uwe gesagt, sein Freund.
Aber ehe sie weiter fragen konnte, bat Michael sie, lieber von sich und Papa zu erzählen.
Clara berichtete von den gemeinsamen Frankreichreisen, und Michael lächelte und fragte viel. Es war auf einmal fast so, als wäre ihr Paps irgendwie wieder anwesend... Sie berichtete von ihrem Studium, den verschiedenen Frankreichaufenthalten. Michael schien nicht verwundert über ihre Frankophilie. "Hast du von Paps!", grinste er. "Guck mich an." Die letzte Bemerkung verstand Clara nicht, aber das war egal. Als ihr Bruder verschwand, um ein bisschen Brot und Schinken und Oliven aus der Küche zu holen, spazierte sie im Zimmer umher. Durch die tief herunterreichenden Fenster fiel der Blick in die Kronen der Straßenbäume. Es dämmerte. Der Himmel war wolkengrau, es schien kälter geworden zu sein.
Der Raum war sparsam möbliert. Der große alte Esstisch mit den unterschiedlichen Stühlen beherrschte den hinteren Teil des Raumes, an der Fensterseite bildeten moderne helle Polstermöbel eine Sitzecke. Zwischen den beiden Fenstern stand ein zierlicher alter Sekretär, über dem zwei Fotos hingen.

Neugierig trat Clara näher. Auf dem einen Foto lachte ihr Vater ihr entgegen, gelöst, zugewandt, auf einem Mäuerchen sitzend. So wie sie sich am liebsten an ihn erinnerte. Auf dem anderen war nicht ihre Mutter, wie sie erwartet hatte. Aus dem zarten Silberrahmen lächelte eine dunkellockige junge Frau mit dunklen Augen den Betrachter an.
"Meine Maman." Michael war hinter Clara getreten. Verwirrt sah sie ihn an.
"Aber das ist doch nicht..."
"Nein, das ist nicht Gisa. Gisa war nicht meine leibliche Mutter."
Clara starrte ihn an, sah wieder auf das Bild und dann zu ihm.
"Maman war Französin.", fuhr er fort. "Geigerin. Und Paps - Paps war ihre große Liebe."
Clara sah ihn erschrocken an. "Und Gisa... Mama, meine ich..."
"Das war später." Er legte Clara den Arm um die Schultern. "Deinen Namen, den hast du übrigens von ihr. Claire hieß sie. Claire Bertin."
Clara hatte das Gefühl, als schwanke unter ihr plötzlich der Boden. Es war gut, dass Michaels Arm sie hielt.
"Aber wie bist du dann zu Paps und Mama gekommen? Und warum bist du dann weg?" Clara schüt-

telte hilflos den Kopf. "Du bist doch mein Bruder! Warum hat mir denn kein Mensch was gesagt? Erklärt?" Sie starrte verwirrt auf die beiden Fotos. "Nicht mal Paps! Warum denn das alles bloß? Ich kapier das nicht. Keine Fotos mehr von dir. Kein Wort mehr. Die haben mir einfach meinen Bruder unterschlagen!" Jetzt spürte sie, wie Zorn in ihr hochkam. Tränen stiegen ihr in die Augen. Wütend wischte sie sie fort.
Es dauerte eine ganze Weile, bis sie sich beruhigt hatte.
"Das ist alles eine so lange Geschichte, Clärchen!", sagte Michael mit einem Seufzer, als sie schließlich wieder am Tisch saßen. Sein Gesicht war traurig geworden. Ein langes Schweigen folgte. Sie aßen ein bisschen und nippten an ihren Weingläsern und fühlten beide, dass der Raum angefüllt war mit Erinnerungen...
"Erzähl sie mir, Micha!", bat Clara. "Wir haben ja Zeit."
"Weißt du, ich hab sie dreißig Jahre lang weggesperrt!" Noch einmal seufzte Michael. "Aber jetzt - vielleicht sollte ich sie wirklich jetzt rauslassen, denke ich."
Clara nickte.

Draußen war es fast ganz dunkel. Wind war aufgekommen. Mistral, ging es Clara durch den Kopf.
"Ich mach uns vorher eben einen Kaffee!", schlug Michael vor und verschwand in der Küche.
Er brachte die Kaffeetässchen und eine Wasserflasche mit zwei Gläsern.
"Also dann,", er holte tief Luft.
Es klingelte. Es klingelte Sturm.
Clara hörte, wie Michael mit der Gegensprechanlage redete , lachte und die Tür öffnete.
Getrappel im Treppenhaus, und Michael kam grinsend zurück.
"Die Neugier war wohl zu groß!", beantwortete er Claras fragenden Blick.
Zwei Jungen stapften herein, einer mit einem großen Baguette bewaffnet, der kleinere mit einer Kuchenschachtel. Sie sahen mit großen Augen zu Clara, murmelten ein "Bonjour!" und verschwanden in der Küche.
"Valérie!", stellte sich die junge Frau, die jetzt etwas atemlos hereinkam, gleich selber vor, und bog ebenfalls in die Küche ab, mitsamt einem großen Topf.
"Fischsuppe!", erklärte sie, als sie wieder auftauchte. "Ich dachte, es ist vielleicht netter, wenn ihr nicht in ein Restaurant gehen müsst.", fuhr sie fort.

"Bonjour!" Sie lachte Clara an. "Außerdem waren wir viel zu neugierig." Sie streckte die Arme aus und begrüßte erst Clara, dann Michael mit Wangenküssen.
"Kommt her, ihr beiden!", rief sie ihre Söhne. Die beiden Jungen blieben jetzt etwas schüchtern neben ihrer Mutter stehen. "Jules!" Sie tippte dem kleineren auf den Kopf.
"Antoine!" Dann dem größeren.
"Versteht sie uns?", fragte Jules seine Mutter laut flüsternd.
Clara verkniff sich ein Grinsen, nickte ernsthaft und erklärte, dass sie ganz gut Französisch verstehe. Und auch sprechen könne.
"So. Dann wollen wir wieder." Valérie gab ihren Söhnen ein Zeichen zum Aufbruch. Aber Michael fand, sie sollten alle zusammen essen, es würde bestimmt reichen, und die drei hatten natürlich nichts dagegen. Auch Clara fand das wunderbar, wobei ihr insgeheim klar war, dass ihr Bruder wohl ganz gern das Erzählen noch ein bisschen aufschieben wollte. Auch nach dem Essen, als Valérie und die Jungen gehen wollten, hielt Michael sie zurück.
"Nein. Bleibt hier. Ich will Clara gerade meine ganze Geschichte erzählen. Sie haben ihr nichts gesagt. Und - also - ", er sah Valérie an, "ich finde, ihr solltet

die auch kennen." Dann ein fragender Blick zu seiner Schwester. "Wenn Clara nichts dagegen hat."
Nein, Clara hatte nichts dagegen. Dies hier war ganz offensichtlich Michaels hiesige Familie, und warum sollte die weniger wissen als sie, Clara?
"Aber die Kinder?" Valérie sah zweifelnd erst zu ihren Söhnen, dann zu Michael.
Der überlegte nur einen kurzen Moment. "Es ist die Geschichte von einem kleinen Jungen!", sagte er, und an Jules und Antoine gewandt: "Ich glaube, ihr versteht das ganz gut. Aber es ist eine lange Geschichte."
Er setzte sich auf das weiße Sofa am Fenster, und Jules kletterte neben ihn. Antoine kuschelte sich zu seiner Mutter in einen der Sessel. In dem anderen hatte sich Clara zurechtgekringelt. Ihr Herz klopfte so laut, dass sie sicher war, es könnten alle hören in dieser Stille.

Michaels Geschichte

Der kleine Junge sitzt auf dem Diwan. Er sitzt ganz aufrecht und bewegt sich nicht. Nicht einmal seine Beine baumeln, obgleich sie nicht bis auf den Boden reichen.
Er ist acht Jahre alt. Auf den Knien hält er einen Geigenkasten. Mit beiden Händen hält er ihn ganz fest.
Sein Gesicht ist blass, die dunklen Augen seltsam groß. Sie starren auf den Boden, ohne etwas zu sehen. Er ist offensichtlich in Gedanken woanders.
Er scheint angespannt.
Die Tür wird geöffnet. Der Junge blickt auf. Eine junge Frau schaut herein. Ihr Gesicht ist jung und rosig, aber sie blickt sorgenvoll auf den Jungen.
"Willst du nicht etwas essen?", fragt sie. "Ich habe noch Schokoladenkuchen. Gerade noch ein Stück, für dich!" Sie lächelt.
Der Junge schüttelt den Kopf.
"Nein, vielen Dank!", antwortet er höflich. Dann fährt er leise fort: "Warum kann ich nicht bei dir bleiben, Tante Sabine? Bitte!" Er sieht unglücklich zu ihr auf.

Sie seufzt, setzt sich neben ihn und legt den Arm um seine Schultern.
"Deine Maman wollte, dass du zu deinem Vater kommst, Michael!", erklärt sie geduldig. "Sie hat dir das doch auch ganz genau erklärt, warum." Er nickt. Sie spricht weiter: "Claire war so glücklich, dass dein Vater sofort bereit war dich aufzunehmen. Das hat es ihr soviel leichter gemacht." Sie schluckt und kämpft mit den Tränen. "Und du weißt auch,", fährt sie fort, "dass ich mich gar nicht genug um dich kümmern könnte. Sieh mal, ab Herbst haben wir mit dem Orchester die lange Amerika-Tournee, und ich muss den ganzen Kram organisieren und gucken, dass alles klappt. Dann bin ich so lange so weit weg. Und so wird das weitergehen, das weißt du, mein Schatz."
Der Junge senkt den Kopf und streichelt den Geigenkasten.
"Ja,", sagt er leise.
Die Frau seufzt wieder und steht auf. Sie sieht auf den Jungen hinunter und dann auf ihre Armbanduhr. Dann verlässt sie das Zimmer.
"Meine Maman!", flüstert der Junge und streicht wieder über den Geigenkasten. Sie kann doch gar nicht weg sein. Nicht mehr auf ihrer Geige spielen. Tot sein - was ist das denn? Diese blöde Krankheit.

Aber sie ist doch so schön gewesen, seine Maman, bis zum Schluss. Ihre Augen waren immer größer geworden.
Und wenn sie doch wiederkommt. Dann muss er doch hier sein.
Ja, sie hatte ihm alles haargenau erklärt, schon immer. Wenn er danach fragte, wo denn sein Vater sei, alle hätten ihren Vater, nur er nicht. Doch, hatte sie gesagt und gestrahlt und gelacht. Du hast den liebsten und besten Papa der Welt, mon choux.
Sie erzählte ihm die ganze Geschichte dieser grand amour, wie sie sagte. Immer wieder. Aber sein Papa - der damals noch nicht sein Papa war - habe sie heiraten wollen. Was sie überhaupt nicht gewollt habe. "Le marriage tue l'amour!" behauptete sie immer. Studenten seien sie beide gewesen. Gert habe Architektur oder sowas studiert. Sie habe dann ein Stipendium in den USA bekommen, eine fantastische Sache für eine Geigerin. In New York! Erst dort habe sie gemerkt, dass sie schwanger war.
"Und das war ich!", hat Michael jedes Mal gesagt, wenn sie an diesem Punkt der Geschichte angelangt war. Ja, das sei er gewesen. Und nein, sie habe seinem Vater nie von der Schwangerschaft erzählen wollen.
"Ich hatte doch dich!"

Na ja, eine Karriere als Solistin habe sie dann nicht machen können, aber egal. Sie sei immer gern Orchestermusikerin gewesen. Ihrer Familie in Frankreich habe sie auch nichts erzählt, erst als Michael drei Jahre alt gewesen war, hatten sie seine Großeltern besucht. Ziemlich alte Leute waren das gewesen. Aber sehr lieb! Die Großmama, Mémé, war leider schon bald gestorben.

Als dann die Krankheit ausgebrochen war, hatte geklärt werden müssen, wie für Michael vorgesorgt werden könnte. Vorsichtshalber. Es wurde schnell klar, dass es möglicherweise ein Rettungsanker war, Michaels Vater aufzufinden und ihn zu bitten. Der Großvater war zu alt, um sich um einen kleinen Jungen zu kümmern. Und sonst?

Sie hatte ihm erst geschrieben, als klar gewesen war, dass sie nur noch wenige Wochen zu leben haben würde.

Seine Antwort war kein bisschen reserviert gewesen, sondern sehr offen. Auch, was die Diskussionen mit seiner Frau anging.

Wir haben keine Kinder, und eigentlich würde Gisa sofort zustimmen, wenn da nicht ihre Mutter wäre, die immer noch einen ziemlichen Einfluss auf sie hat. Einzige Tochter, gemeinsame Flucht aus Ostpreußen, alter Adel - etc. pp, die ganze Latte, ein

ziemlicher Dünkel. Aber Gisas Menschlichkeit und ihre Sehnsucht nach einem Kind waren dann doch stärker.
Und die Liebe zu dir? hatte Claire gedacht.
Gert hätte Michael gern gleich zu sich geholt, aber das hatte Claire abgelehnt. Bis zuletzt hatte sie gehofft. Vielleicht, vielleicht... Sie hatte auch nicht gewollt, dass er sie besucht.

Und jetzt sitzt da der kleine Junge und wartet. Endlich klingelt es, und der Mann ist da, der sein Vater ist. Er hört ihn draußen mit Tante Sabine reden. Schritte, er kommt herein. Bleibt erst in der Tür stehen und starrt ihn nur an. Dann lächelt er, hat aber dabei Tränen in den Augen, was Michael komisch findet. Schließlich zieht er sich einen Stuhl heran und setzt sich dem Jungen gegenüber. Sagt nichts, schaut ihn nur an. Dann legt er einfach seine Hände auf Michaels, die den Geigenkasten auf den Knien festhalten. Er sieht dem Sohn in die Augen.
"Du hast genau die Augen deiner Mutter!", flüstert er. "Mein Junge." Er lächelt.
Michael bleibt ernst. Er sieht den Vater an. Er sieht genau wie auf Mamans Foto aus, denkt er. Dann muss er es sein. Er hat schön warme Hände, dieser Papa.

"Spielst du auch Geige?", fragt Michael schüchtern.
Sein Vater schüttelt den Kopf. "Du?"
"Nein, noch nicht.", antwortet Michael ernst. "Das ist Mamans Geige."
"Wir werden gut auf sie achtgeben!", verspricht sein Vater.

Die Fahrt in das neue Zuhause ist lang, und das Reden miteinander kommt nur langsam in Gang. Der Vater erzählt dem Kind von seiner Frau, die Gisa heißt, und von dem Dorf, in dem er jetzt wohnen wird. Und dass sich alle auf ihn freuen, das sagt er auch. Michael sagt kaum etwas, er hört nicht so richtig zu, seine Gedanken sind zu Hause, bei seiner Mutter, in seiner Traurigkeit. Es ging alles so schnell. Es war so viel...
Aber als sie anhalten, um eine Pause zu machen, und der Vater dem Sohn die Hand hinstreckt, um ihm beim Aussteigen zu helfen, lässt der Junge seine Hand in der des Vaters. Ein Anfang, denkt Gert und ist erleichtert.
Ab und zu sieht er zu Michael hin. Zu seinem Sohn. Auch er fühlt sich überfordert. Geschüttelt. Durcheinander.
Schließlich sind sie angekommen.

"Wir sind da!", flüstert Gert und streicht dem schlafenden Kind sacht übers Haar. Michael schreckt hoch, verwirrt sieht er in das fremde Gesicht.
"Ach ja...,", murmelt er dann.

"Willkommen!", sagt Gisa, die lächelnd im Licht der offenen Haustür steht und ihm beide Arme entgegenstreckt. Der Junge weicht zurück, dann besinnt er sich und reicht ihr höflich die Hand.
"Guten Abend!", sagt er leise mit einer kleinen Verbeugung. Gisa nimmt seine Hand und erwidert den Gruß. "Willkommen, Michael!", wiederholt sie. Unsicher sieht sie zu ihrem Mann. Er macht eine beschwichtigende Handbewegung.
"Später!", sagt er kurz. "Er ist sehr müde."
Michael sucht seine Hand. Dann sieht er zu der Frau auf. Groß ist sie, das kurze blonde Haar ist nach hinten gekämmt. Der Junge denkt an seine dunkellockige Mutter und senkt den Kopf. Dann bringt ihn sein Vater zu Bett.

Zum Vater fasst der Junge sofort Vertrauen. Er bleibt immer in seiner Nähe, wenn er zu Hause ist. Anfangs spricht er wenig, aber nach einigen Tagen beginnt er zu erzählen, jedenfalls manchmal, jedenfalls ein wenig. Von sich. Auch von seiner Mutter.

Zur Frau des Vaters bleibt Michael lange auf Distanz. Er würde sie gern umarmen und von ihr umarmt werden, aber das kann er nicht. Das kann er doch seiner Maman nicht antun. Dass sie sich ihm gegenüber hilflos fühlt, dass sie enttäuscht ist, kann er nicht wissen.

Manchmal überfällt ihn mit aller Macht die Trauer um seine Mutter. Ihr Foto hängt in einem zarten Silberrahmen über seinem Bett, damit sie ihn ansehen, ihn bewachen kann, die ganze Nacht hindurch. Er kann ihr berichten, was den Tag über passiert ist. Oder wenn er traurig ist. Aber manchmal ist die Traurigkeit so riesig, dass er nicht mehr aufhören kann zu weinen, und das soll sie nicht sehen. Dann schleicht er sich in den kleinen Holzschuppen hinten im Garten, in dem die Gartengeräte aufbewahrt werden. Dort weint er.

Einmal findet Gisa ihn dort, nachdem sie lange nach ihm gesucht hat. Er war morgens nicht in seinem Bett. Voller Angst und Unruhe hat sie im Haus nach ihm gerufen, jeden Winkel abgesucht. Was, wenn dem ihr anvertrauten Kind etwas zustieße? Was, wenn Michael weggelaufen wäre?

Als sie den schluchzenden Jungen im Schuppen in der Ecke kauern sieht, ignoriert sie die Distanz, die zwischen ihnen ist. Sie kniet sich vor ihn hin und

umschließt ihn mit beiden Armen. "Du musst nicht allein weinen,", flüstert sie. "Ich bin doch da." Geduldig wiegt sie ihn in ihrer Umarmung, bis er sich ausgeweint hat.
Von da an hat Michael auch sie angenommen, und das macht sie glücklich.

Vor der Frau, die jetzt seine Großmutter sein soll, hat er Angst. Sie ist nett zu ihm, aber immer hat er das Gefühl, sie prüft ihn. Manchmal muss er sie besuchen, um etwas hinzubringen oder zu holen. Sie will ihm einen Pullover stricken, da muss er öfter zum Anprobieren hin. Dann fragt sie ihn immer so komische Sachen. Jedesmal fängt sie an mit: "Ach du armer Junge!", und dann kommen wieder diese seltsamen Fragen. Ob er viel allein habe sein müssen mit seiner Mutter. Ob sie sich um ihn gekümmert habe. Sie sei doch auch viel unterwegs gewesen, oder? Ob die Mama denn viel Männerbesuch gehabt habe? Ob es denn dort noch Onkel gebe? Und ob er seine Großeltern kennengelernt habe? Oder seien die viel, nun ja, auf Reisen gewesen? Michael versteht die Fragen nicht. Erst später wird ihm klar, was sie damit gemeint hatte. Aber von den Großeltern in Südfrankreich erzählt er gern. Von Mémé, die immer am liebsten im Garten herumge-

wirtschaftet habe, und von Grandpa, der am liebsten in seinen klugen alten Büchern gelesen habe. "Er hatte ein ganz großes Zimmer voller Bücher, Tante Elsa!", berichtet er stolz. "Und alle Flure waren auch voll mit Bücherregalen! Soooo viele! Er war ein Pastor, weißt du. Wie dein Mann!"
"Soso,", hat Tante Elsa da nur geantwortet, und sie schien unzufrieden zu sein mit seiner Auskunft.
Michael ist froh, dass er sie Tante nennen muss. Sie ist keine Mémé. Keine Oma. Einmal erzählt er seinem Vater von Tante Elsas Fragen. Er möchte wissen, warum sie das alles wissen will. Der Vater wird sehr zornig, aber nicht auf Michael. Als Frau Elsa wieder einmal bei ihnen im Haus ist, schickt er Michael in sein Zimmer. Der Junge hört, dass unten heftig gestritten wird. Das will ich nicht, denkt er angstvoll.
Gisa holt ihn herunter, sie ist wie immer. "Komm, wir wollen Kaffee trinken!", sagt sie und lächelt. Frau Elsa ist nicht mehr da. Sein Vater sitzt schon am Tisch und macht ein finsteres Gesicht. Was habe ich bloß angestellt, denkt Michael und sieht den Vater ängstlich an.
"Gert!", sagt Gisa mahnend. Dann legt sie den Arm um Michael: "Ist alles in Ordnung, mein Junge!", sagt sie, nickt und streichelt ihm die Wange.

Das Leben im Dorf gefällt dem Großstadtjungen. Es ist zwar kein richtiges Dorf mehr - Bauernhöfe gibt es nur noch zwei, die Milchwirtschaft betreiben und etwas Vieh halten. Die meisten Leute fahren morgens zur Arbeit in die Gewerbegebiete der umliegenden Ortschaften. So können die Kinder weitgehend ohne Aufsicht herumstromern, wenn der Schulbus sie nachmittags zurückgebracht hat. Gisa achtet aber darauf, dass er vorher immer seine Hausaufgaben macht. Dem fügt sich Michael widerspruchslos, weil er sie nicht kränken will. Schule ist kein Problem für ihn.

Im Dorf fällt er auf wegen seiner dunklen Locken und der schwarzen Augen. Es gibt Getuschel, aber nur unter den Erwachsenen. Die Jungen nehmen ihn schnell an, weil er ein guter Fußballspieler ist und sich nichts gefallen lässt. Nachdem er sich einmal erfolgreich mit dem dicken Sven geprügelt hat, ist sein Status klar. Wie das so geht. Aber eigentlich mag er keine Prügeleien. Die anderen respektieren ihn trotzdem. Für anderen Unsinn ist er immer zu haben, hat oft die besten Einfälle. Die kleinen Mädchen lieben ihn. Vielleicht reizt sie sein ungewöhnliches, etwas südländisches Aussehen, seine Zartheit. Auch das Getuschel der Erwachsenen mag seinen Reiz haben.

Michael bekommt von dem Klatsch der Erwachsenen einmal etwas mit, als er zufällig ein Gespräch zwischen Gisa und ihrer Mutter anhört. Er zieht gerade im Flur seine Jacke an, und die beiden Frauen sprechen in der Küche miteinander.

"Schade, dass er so wenig von Gert mitbekommen hat, nicht?", sagt Frau Elsa gerade. Michael versteht nicht genau, was Gisa entgegnet. Er versteht nur "Nase" und "Kinnpartie". Gisa spricht, wie immer, ruhig und leise. "Na, wenn du meinst!", erwidert Tante Elsa mit ihrer durchdringenden und - wie Michael findet - befehlenden Stimme. "Und wenn du dir sicher bist."

Am liebsten würde der Junge seinen Vater fragen, ob er ihm ähnlich sei. Aber er traut sich nicht. Was, wenn auch der Vater die Ähnlichkeit nicht sieht? Was, wenn... Nein, das will er nicht weiter denken. Seine Maman hätte ihn doch niemals belogen.

Ihr erzählt er von diesem Gespräch der beiden Frauen. Und von seiner Angst. Immer noch berichtet er ihr von den Ereignissen des Tages. Immer noch vermisst er sie so sehr. Manchmal denkt er sich aus, wie es wohl gewesen wäre mit Maman und Papa? Warum bloß hat Maman das nicht gewollt?

Michael fragt das Bild im Silberrahmen, schimpft auch ein bisschen, aber das Bild lächelt nur und verweigert die Antwort.

Manchmal, wenn er sehr traurig ist, holt er den Geigenkasten vom Schrank herunter, öffnet ihn, hebt vorsichtig das Instrument aus seinem Gehäuse und zupft leise Töne darauf, ganz sacht, mit der Daumenspitze. Von Geigenunterricht ist nicht die Rede. Er selbst hat eine Scheu davor, fragt also auch nicht danach.

Gisa sorgt gut für ihn. Er darf im Garten mitarbeiten, was ihm große Freude macht. Sie erklärt ihm genau, was zu tun ist und warum. Auch beim Marmeladekochen darf er helfen. Vor Weihnachten backen sie Plätzchen. Sie sitzen am Tisch zusammen und arbeiten oder essen und sind freundlich zueinander. Der Junge spürt eine Erwartung in Gisas Lächeln, aber da bleibt eine Distanz, eine Fremdheit. Sie ist so anders als seine Maman. Sie - sie hat den Platz, der doch eigentlich seiner Mutter gehört. Von der ist nie die Rede. Gisa ist zu zurückhaltend und mag ihn nicht ausfragen, und Michael traut sich nicht von ihr zu sprechen.

Seinem Vater gegenüber ist Michael zutraulicher. Am schönsten ist es, wenn der zu Hause arbeitet, zeichnet oder Modelle baut. Michael darf dann mit in seinem Arbeitszimmer sitzen, und bald versucht er auch zu zeichnen und Häuschen aus Pappe zu basteln. Wenn Gert ein Modell fertig hat, muss Michael es begutachten. Dann steht er dicht an seinen Papa geschmiegt neben dem Schreibtischstuhl, und Paps legt den Arm um ihn und erklärt ihm alles. Auch der Vater fragt ihn nicht nach seiner Maman, aber ihm gegenüber erzählt der Junge manchmal von sich aus. Wie ihr Alltag aussah, was sie zusammen gemacht haben.

"Wenn du möchtest, bring doch ruhig mal deine Geige mit!", schlägt Gert vor. "Ich höre manchmal, dass du darauf zupfst."

"Es ist nicht meine Geige. Es ist Mamans!" Michael wird rot und ein bisschen verlegen.

"Möchtest du spielen lernen?"

Michael zögert, dann schüttelt er den Kopf. "Nein. Es ist Mamans Geige."

"Eigentlich schade!", meint sein Vater leise und zieht ihn an sich.

Dann reden sie nicht mehr davon. Auch nicht, wenn Michael die Geige mitbringt, ein bisschen darauf zupft und manchmal leise etwas erzählt. Das gefällt ihnen beiden, und dann ist Michael weniger traurig.

Aber auch in diesen Momenten fragt er den Vater nicht, was es mit den Gerüchten auf sich hat. Fürchtet er die Antwort?

Sein bester Freund wird Uwe Ellerbrok, neben dem er von Anfang an in der Klasse gesessen hat. Uwe ist kleiner als er, aber er ist stämmig und stark.
Und bei ihm zu Hause ist immer etwas los. Er hat zwei etwas ältere Schwestern, Christiane und Petra, zwölf und elf Jahre alt, und dann ist da noch Patrick, der ist aber noch klein, erst vier. Ellerbroks haben kein eigenes Haus, sie wohnen in einem Mehrfamilienhaus mit Sozialwohnungen. Vater Ellerbrok hat nur selten richtige Arbeit; meistens erledigt er Aufgaben für die Gemeinde oder die Kirche. Seit einem Unfall kann er den linken Arm nicht mehr richtig gebrauchen, und damit ist seine Karriere als Möbeltischler beendet gewesen. Er kriegt Arbeitslosenunterstützung und ist viel zu Hause, und es gibt Tage, da starrt er nur aus dem Fenster und raucht. "Er hat seinen grauen Tag heute!", flüstert Uwe, wenn Michael an einem solchen Tag kommt. Das ist alles. Keines der Kinder stört den Vater dann. Und Michael - der kennt solche grauen Tage ja selber, so klein wie er ist.

Uwes Mutter hilft an drei Tagen in der Bäckerei im Haushalt und putzt dort auch jeden Tag den Laden. Sie ist ganz anders. Kann laut lachen, aber auch schimpfen (manchmal auch mit ihrem Mann!) und verteilt auch schon mal Ohrfeigen, wenn die Kinder nicht spuren, auch Michael kann dann schon mal was abkriegen. Aber sie ist keine Mutter, vor der die Kinder ducken müssen.

Michael ist gern dort. Nicht nur wegen Uwe. Er findet das Getümmel schön. Hier fragt niemand, ob er sich denn auch die Hände gewaschen hat, wenn er nach einem Marmeladenbrot greift.

Klar, dass Uwe und er sich auch verbrüdern, wie es sich gehört. Mit Hautritzen und Blutstropfen und so. Echte Blutsbrüder. Und Uwe nimmt ihn auch mit in seine Clique. Auch das heißt hier: Er gehört dazu. Obwohl er bloß so ein zierliches Bürschchen ist. Aber stark!

Das gibt natürlich auch Ärger. Kletterpartien, die mit zerrissenen Hosen enden. Eine kaputte Schaufensterscheibe beim Kaufmann. Beim Schwarzfahren im Zug erwischt werden, als Uwe und er sonntags in die Stadt fahren (und glücklicherweise erst auf der Rückfahrt geschnappt werden). Und Pflaumen klauen sie, die ganze Horde, ausgerechnet im Garten des Bäckers, und ausgerechnet Michael wird am Kragen gepackt, denn er war noch oben im Baum und ist nicht schnell genug herunter gekommen. Er bekommt ein paar kräftige Ohrfeigen und die Drohung mit auf den Weg, alles der Polizei zu melden! "Und jetzt mach dich weg, du kleiner Zigeuner!", mit dieser abschließenden Empfehlung wird er entlassen. Zu Hause bei Ellerbroks gibt es noch zusätzliche Ohrfeigen von Uwes Mutter, auch für Michael. "Seid ihr denn ganz und gar verrückt geworden? Ausgerechnet! Dann klaut wenigstens bei Schneiders!" Schneiders sind die reichsten Leute am Ort, mit einer riesigen Obstwiese (und mit einem bissigen Wachhund).

"Warum sagt der Zigeuner zu mir?", will Michael von Uwe wissen. Der druckst erst herum, dann klärt er ihn auf. "Das sagen hier manche. Keine Ahnung, wer damit angefangen hat. Wegen deiner Haare. Und deiner Augen. Und weil sie nicht genau wissen, wo du herkommst." Er grinst und macht eine wegwerfende Handbewegung. "Dabei sind Zigeuner gar nix Schlimmes. Manchmal sind die hier auf der großen Dorfwiese hinter dem Bahnhof. Ich geh dann immer hin. Spannend! Musste mal mitgehen."

Als Michael an diesem Abend nach Hause kommt, hört er schon im Flur Tante Elsas erregte Stimme.

Alte Petze, denkt er, als er das Wort "Pflaumen" und "Bäcker" hört.
Ja, da sitzt sie am Küchentisch und beendet wohl gerade ihre Anklage gegen ihn.
"...kein Wunder. Dieser Ellerbrokjunge ist wohl kaum der richtige Umgang für ihn."
Das bekommt er gerade noch mit. Diese alte Klatschnudel!
"Uwe ist mein Bruder!", ruft er statt einer Begrüßung und hält die Hand mit der kleinen Narbe hoch. Zornig funkeln seine Augen.
Frau Elsa sieht ihn spöttisch an. "Guten Abend, Michael. Wir wollen doch auf die Form achten, nicht wahr, auch wenn du bei Ellerbroks wahrscheinlich..."
"Mutter, bitte!", unterbricht Gisa sie scharf. "Du weißt, dass ich die Familie Ellerbrok sehr achte. Ich bin froh, dass Michael Uwe als Freund hat. Was die geklauten Pflaumen angeht - es ist meine Sache, das mit Michael zu klären. Punkt."
Frau Elsa schweigt beleidigt und wirft Michael einen abschätzigen Blick zu.
"Ich wollte sowieso gerade gehen!", bemerkt sie und schreitet erhobenen Hauptes hinaus. Gisa folgt ihr.

"Na, da hast du dir ganz schön was aufhalsen lassen!", hört Michael noch. Er streckt der geschlossenen Küchentür die Zunge heraus.
Natürlich schlägt ihn Gisa nicht, aber sie hält ihm eine lange Predigt. Puh. Dabei weiß Michael sowieso, dass das mit dem Klauen nicht in Ordnung war. Aber sie haben doch ihre Strafe gekriegt, also was noch?
Doch er hört geduldig zu und nickt an den richtigen Stellen. Er würde sie gern fragen, ob er eine Last ist für sie. Aber das traut er sich nicht. Vielleicht würde sie "Ja!" sagen? Vielleicht ist das sowieso alles ein Irrtum, und er gehört wirklich nicht hierher? Vielleicht ist er wirklich ein Zigeunerkind?
"Also, nicht wieder, Michael.", beschließt Gisa gerade ihre Rede. Der Junge nickt und macht ein schuldbewusstes Gesicht (weil er nicht zugehört hat zum Schluss). "Und nun geh bitte auf dein Zimmer. Lies etwas." Er gehorcht widerspruchslos, obwohl jetzt gerade im Fernsehen die Vorabendserie läuft, die er so gern sieht.
Sein Vater holt ihn später zum Abendessen. Er lässt sich noch einmal erzählen, was los war.
"Au weia, da hast du ja schon einiges zu hören gekriegt, was?", sagt er trocken. Dann schüttelt er den Kopf. "Als ob wir früher nicht auch Pflaumen oder

Äpfel geklaut hätten...Okay, Frau Elsa vermutlich nicht." Er grinst und wuschelt seinem Sohn durchs Haar. "Lass es lieber. Oder lass dich das nächste Mal wenigstens nicht erwischen!" Er zwinkert ihm zu. "Komm!"

Als Michael älter ist, nimmt ihn sein Vater manchmal auf dem Motorrad mit, trotz Gisas heftiger Proteste.

"Du weißt, wie ich diese verdammte Maschine hasse!", schimpft sie und legt Michael schützend die Hände auf die Schultern. Gert lacht nur und schließt beide in die Arme.

"Ich fahre so vorsichtig, Gisa! Denkst du denn, ich würde meinen Sohn in Gefahr bringen?"

Michael strahlt. Seufzend lässt Gisa ihre Männer ziehen.

Sie fahren zu Baustellen, die unter Gerts Regie stehen, und der Vater erklärt dem Sohn, was dort wie warum gemacht wird. Oft brausen sie aber einfach durch die Wälder und landen an einem See. Oder in einem der alten Städtchen, in denen es immer eine Kirche oder gar eine Burg gibt, zu der Gert etwas erzählen kann. Michael liebt diese Motorradfahrten mit seinem Vater. Sich an ihm festzuhalten. Sich mit ihm in die Kurve zu legen. Bei ihm zu sein. Ganz nah.

Einmal, als sie von einem längeren Ausflug wieder zu Hause angekommen sind und ihre Helme abgenommen haben, stehen sie noch eine Weile stumm beieinander und betrachten die Maschine. Dann sieht Michael zu seinem Vater auf. Der grinst und stupst ihn an.
"Na, mein Junge - und?"
Da strahlt Michael: "Klasse, Papa! Aber nächstes Mal mit mehr speed, okay?"
Sein Vater lacht schallend, nimmt ihn in die Arme und - gibt ihm einen dicken Kuss auf die Wange. Hinterher erschrickt er fast.
"Es ist so schön, dass ich dich habe!", lächelt er, beinahe entschuldigend.
Aber Michael nickt und lächelt zurück.
Die Lehrerin rät, ihn nach der Grundschule unbedingt zum Gymnasium zu schicken. Das ist ganz in Gisas Sinn. Michael würde lieber weiter in die alte Schule gehen. Zusammen mit Uwe und den anderen. Das Gymnasium ist in der benachbarten Stadt, er wird Fahrschüler sein. Aber Michael protestiert nicht lange. Gert, der wohl die Trauer im Gesicht seines Kindes bemerkt, unterstützt anfangs seinen Wunsch, sieht aber schließlich ein, dass der Schulwechsel für Michaels Zukunft am besten ist.

Uwe muss nicht ins Gymnasium. Wieder eine Trennung.
Michael kapselt sich ab, wird ein Einzelgänger. Bis Uwes Schwester Chris, die ebenfalls zum Gymnasium geht, ihn einmal heftig zur Rede stellt, als sie zusammen im Bus von der Schule nach Hause fahren. Warum er nicht mehr zu ihnen komme. Ob Uwe und die anderen Jungen ihm nicht mehr gut genug seien. Ob er ein Snob geworden sei. Sogar ihre Mutter vermisse ihn! Keiner verstehe, wieso... und überhaupt...Chris kommt richtig ins Schimpfen. Michael sieht sie mit großen Augen an und hört wortlos zu. Dann - Chris traut ihren Augen nicht! - strahlt er. Er strahlt und grinst breit, "als hätte ich ihm gerade die größtmögliche Lobrede gehalten!", sagt Chris später.
"Na - du bist mir einer!", brummt sie schließlich kopfschüttelnd.
"Ich komme heute Nachmittag!", sagt Michael. "Okay?"

Er ist glücklich, wieder mit Uwe und den anderen zusammen zu sein, wann immer es geht. Und beteiligt sich an den ganzen pubertären Unternehmungen, in denen sie sich ausprobieren. Sie angeln verbotenerweise spätabends im Forellenteich, was ei-

nen Riesenärger gibt. Im Wald bauen sie sich einen Unterstand, für den sie sich die Bretter in einem Bauhof "besorgen", allerdings ohne zu fragen. Das wird ihr Treffpunkt, und dort im Wald trinken sie Alkohol (mit üblen Folgen) und versuchen zu rauchen und einmal auch zu kiffen. Natürlich kommt alles irgendwie raus - "Einer quatscht immer!", schimpft Uwe - , und das hat Konsequenzen. Für Michael ganz besonders, denn Frau Elsa hat ihre Ohren überall, und selbstverständlich erfährt Gisa sofort alle Neuigkeiten. Die würde den Klatsch eigentlich ignorieren und den Unsinn, den die Jungen anstellen, nicht weiter tragisch nehmen. Mit Michael reden, ihn bestrafen, ihm ins Gewissen reden, natürlich. Doch im Augenblick ist sie mehr oder weniger allein für Michael verantwortlich; Gert ist beruflich extrem eingespannt und oft unterwegs. Da meint Gisa selbstkritisch, vielleicht sei sie zu wenig streng gewesen mit ihm, vielleicht müsse er doch härter angefasst werden. Was ihr schwerfallen würde.
"Wenn das nicht aufhört, Michael, müssen wir dich in ein Internat bringen. Wir sind schließlich für deine Zukunft verantwortlich." Das sagt sie zu ihm, ganz kühl und ruhig, nachdem wieder einmal herausgekommen ist, dass er an einer Fete im Wald be-

teiligt war. Nachts! Mit knapp vierzehn Jahren! Er kann nicht einmal mehr erklären, dass alles ganz harmlos war und außerdem am Wochenende stattgefunden hat. Der Schreck macht ihn stumm. Die Drohung mit dem Internat ist ein Keulenschlag, dem er nichts entgegensetzen kann. Er dreht sich um und geht in sein Zimmer. Bleibt dort auf der Bettkante sitzen und starrt vor sich hin.
Erst am nächsten Tag kann er mit Uwe darüber reden. Und mit Chris, die so etwas wie seine große Schwester geworden ist. Auch deren Freundin Silke, die Tochter des Bäckers, sitzt dabei. Und die sagt sofort: " Das kommt von deiner Oma, Michael. Du müsstest mal hören, was die so von sich gibt."
Silke hilft manchmal im Laden, und ihre Mutter erzähle gern am Abendbrottisch, was so an Klatsch unterwegs sei. Da komme Frau Elsa oft vor.
"Ich wollte dir das eigentlich nicht sagen, aber die erzählt immer ziemlich seltsame Dinge über dich. Dein Vater hätte dich gerettet, und von deiner Mutter müsste man ja das Schlimmste vermuten, von wegen Lebenswandel und vielleicht Alkohol und so. Man wüsste ja nix Genaues, und eigentlich wüsste man ja gar nicht, wo du herkommst. Solche Sachen.", berichtet Silke. "Ich glaube nicht, dass ir-

gendwer im Ort die ernst nimmt, aber trotzdem. Übel."
Michael starrt sie fassungslos an. Er ist totenblass geworden. Chris legt ihm den Arm um die Schultern.
"Wir wissen doch alle, dass das völliger Quatsch ist, Micha. Dass die Alte eine Klatschtante ist."
"Na, und die Idee mit dem Internat, die ist garantiert von ihr!", behauptet Silke und fährt mit perfekt verstellter Stimme fort: "So ein Mädchen wie du sollte mal für ein Jahr in ein gut geführtes Pensionat gesteckt werden! Da würde dir Benehmen beigebracht, junge Dame!" Die anderen lachen, und Silke spricht mit ihrer Silke-Stimme weiter: "Das hat sie mal zu mir gesagt, als sie fand, ich hätte eine freche Antwort gegeben. Die ist so, ich sag's dir!"
Sie überlegen gemeinsam, was er tun kann, und Michaels Angst weicht allmählich etwas.
Er soll mit seinem Vater reden, auf jeden Fall.
Aber es ist wie schon oft. Er traut sich nicht. Er hat Angst vor der Antwort. Wenn nun auch sein Vater sagen würde, ja, es ist besser, du bist im Internat. Ich kannte deine Mutter zu wenig. Ich kann mich nicht genug kümmern.
Erst als sie endlich mal wieder eine Motorradtour zusammen machen, kann Michael reden. Und nicht

einmal da schafft er es von allein, sein Vater fragt ihn. Er sei so still in letzter Zeit. Ob irgendetwas nicht in Ordnung sei. Ihm sei ja bewusst, er habe zu wenig Zeit gehabt für Michael in den letzten Monaten.
Sie sitzen auf einem Mäuerchen bei einer Burg, oben auf einem Berg. Man hat von hier eine herrliche Aussicht. Nur wenige Ausflügler sind da, sitzen an den Tischen der Burgschänke und trinken und essen.
Michael schluckt. Er sieht seinen Vater nicht an.
"Muss ich ins Internat?", platzt er heraus.
"Waaas? Wer sagt das denn?" Gert schreit das so laut, dass die Gespräche an den Tischen kurz verstummen.
"Gisa." Michaels Stimme ist ganz leise. "Weil - weil ich so viel Blödsinn gemacht habe."
"Ja, stimmt, und das könntest du gern lassen.", brummt sein Vater. Dann schüttelt er den Kopf.
"Aber Internat - Michael!" Er legt ihm den Arm um die Schultern und hält ihn fest. "Niemals, mein Junge!"
Michael sieht ihn an, Zweifel im Blick. "Bestimmt, Papa?"
Sein Vater erwidert ernst seinen Blick und nickt.

Ein paar Minuten schweigen beide, dann schüttelt Gert wieder den Kopf und murmelt: "Das muss sich die Alte ausgedacht haben. Der Teufel soll sie holen." Erschrocken schlägt er sich auf den Mund. "Das hast du nicht gehört, oder?" Er lässt seinen Sohn los und rutscht vom Mäuerchen. "Komm!" Er streckt ihm die Hand hin. "Wir müssen mal von Mann zu Mann reden."
Sie laufen ein ganzes Stück durch den Wald, um den Berg herum, hier ist es ruhig, nur der Wind raschelt in den Baumkronen. Eine Weile gehen sie stumm nebeneinander. Dann redet Gert und vertraut seinem Sohn etwas an, das der eigentlich noch nicht wissen soll, aber er, sein Vater, meint, jetzt sei der richtige Zeitpunkt dafür. Gisa sei schwanger, jetzt sei es sicher. Das Kind solle im Herbst geboren werden, im November. Gisa freue sich, aber es gehe ihr nicht so gut, sie habe ein bisschen Bedenken wegen ihres Alters. Sie sei gerade ziemlich empfindlich und wahrscheinlich deshalb noch empfänglicher für die - nun ja, seltsamen Einflüsterungen ihrer Mutter.
"Ich würde die ja am liebsten definitiv vor die Tür setzen!", gesteht er seinem Sohn. "Was du bitte für dich behältst. Aber im Augenblick ist sie einfach eine Stütze für Gisa. Was soll ich machen."

Wieder schweigen sie. Michael ist das Geständnis peinlich. Andererseits fühlt er sich sehr erwachsen, weil sein Vater so offen mit ihm redet.
"Micha,", sagt Gert schließlich, "ich hab eine Bitte." Er bleibt stehen und sieht ihn an. "Könntest du in den nächsten Monaten so eine Art Musterknabe sein?" Er lacht verlegen. "Ist vielleicht viel verlangt. Aber du würdest uns allen das Leben etwas leichter machen. Und vor allem Frau Elsa den Boden für weitere Hirngespinste entziehen. Hoffentlich." Er seufzt.
Michael verspricht, das zu versuchen. Sein Vater verspricht, wegen dieser idiotischen Internatsidee mit Gisa zu reden.

Die folgenden Monate sind sehr friedlich. Michael ist nicht nur rücksichtsvoll, er kümmert sich rührend um Gisa, der es nach wie vor nicht gut geht. Die beiden kommen sich wieder näher.
Später ist da noch die Frage des Namens für das Kind.
Wenn es ein Mädchen sein sollte, möchte Gert es gern Clara nennen. Michael errötet vor Freude, als er um seine Zustimmung gefragt wird. Er kann nur nicken, kriegt kein Wort heraus. Und Gisa ist nach kurzem Zögern ebenfalls einverstanden. Sie sieht

Michael an, der jetzt schon ebenso groß ist wie sie, und lächelt. "Schließlich hätten wir ohne Claire ja keinen Michael!"
Dann ist das Kind da. Ein Mädchen.
Clara.
Michael ist entzückt von diesem winzigen Wesen. Er lässt sich ohne Scheu von Gisa zeigen, wie das mit dem Baden und Wickeln geht. Für Gisa ist das eine große Erleichterung. Gert muss nach wie vor viel arbeiten, und sie ist nach der Geburt lange erschöpft.
Frau Elsa kommt jetzt öfter als sonst. Sie macht sich gern ein bisschen lustig über den "großen Jungen", der sich so hingebungsvoll seiner kleinen Schwester widmet (seiner Halbschwester, wie sie immer sagt); das sei doch keine Männersache. Es ist nicht ganz klar - meint sie das boshaft oder nur witzig? Oder vielleicht sogar anerkennend? Michael kann mit einem Grinsen reagieren - und mit der Bemerkung, er werde bestimmt einmal viele Kinder haben, und da sei es doch gut zu üben, oder?
Einmal durchzuckt ihn der Gedanke, ob sie vielleicht eifersüchtig sei?
"Waffenstillstand, glaube ich!", antwortet er seinem Vater, als der danach fragt, wie es so laufe mit La Grande Dame.

Darüber ist Gert offensichtlich erleichtert. Er ist kein streitbarer Kämpfertyp.
Aber nach wie vor geht Michael Frau Elsa lieber aus dem Weg. Außerdem fordert ihn die Schule zunehmend mehr, auch zeitlich. Er kann nicht so viel Zeit mit seinem Clärchen verbringen wie er möchte, und manchmal, wenn er Zeit hätte, will genau dann Frau Elsa etwas mit ihrer Enkelin unternehmen. Michael hat den Eindruck, dass sie ihn möglichst beiseite schieben will. Vielleicht ist er aber auch nur zu empfindlich.
Es gibt glückliche Augenblicke - wie den, als Clara während des Kaffeetrinkens an Papas Geburtstag zu ihrem Bruder auf den Schoß krabbelt, um mit seinen Locken zu spielen und über seine Faxen zu kichern und schließlich zu verkünden: "Keiner hat so schöne Locken wie mein Bruder! Mein Bruder ist am allerschönsten!" und ihre Ärmchen besitzergreifend um seinen Hals zu schlingen. Was ein allgemeines Gelächter zur Folge hat.

Als er gerade 16 geworden ist und er Frau Elsa einmal nach dem Abendessen beim Aufräumen in der Küche hilft, fragt sie ihn unvermittelt ganz beiläufig: "Sag mal, wann willst du dich eigentlich selbständig machen? Ich meine, du willst ja wahrschein-

lich nicht ewig deine Beine unter einen fremden Tisch stellen wollen, oder?" Ein Schlag in die Magengrube. Michael starrt sie nur an.
"Ich...ich mache Abitur, und dann ...und dann...auch Architekt, vielleicht."
"Na ja, man muss ja nicht unbedingt studieren!", fährt sie freundlich fort und räumt die Teller in den Schrank. Sie lächelt ihm zu. "Weißt du, eine Banklehre wäre ja auch nicht schlecht. Oder eine Ausbildung in der Verwaltung. Da verdient man doch schon von Anfang an was." Sie nimmt ihre Schürze ab und reicht sie ihm. Automatisch nimmt er sie und hängt sie an ihren Platz.
"Jetzt, wo Clara da ist, sollten wir uns ganz auf sie konzentrieren, nicht? Unsere kleine Prinzessin." Sie legt ganz vertraulich die Hand auf seinen Arm.
"Weißt du, mein Junge, man muss lernen bescheiden zu sein. nicht wahr. Jeder hat seinen Platz, verstehst du?"
Michael nickt stumm. Frau Elsa zieht leise die Tür hinter sich zu.
Ja, natürlich. Irgendwie hat er das ja auch schon selbst gedacht. Jetzt ist Clara da. Und er, er ist ja wirklich erwachsen. Jedenfalls fast.
Aber er gehört doch dazu?

Oder doch nicht?
In der letzten Zeit hat er darüber nicht mehr nachgedacht, es war einfach alles klar. Und jetzt könnte er gar nicht weg. Jetzt, wo Clara da ist.
Warum sagt Frau Elsa sowas. Sauer auf ihn war sie nicht; und in den letzten Monaten sind sie eigentlich ganz gut miteinander zurecht gekommen. Na ja, fast.
Mit seinem Vater reden? Der hat vermutlich andere Sorgen. Und da ist die alte Angst: Vielleicht sagt er auch: Besser, du machst dich jetzt selbständig.
Gisa? Nein.
Ach was, es sind noch zwei Jahre bis zum Abitur, und dann - wird er sehen.

Michael genießt es, seine kleine Schwester zu kurzen Fahrradtouren mitzunehmen, in einem vorn montierten Schalensitz. Da ist sie drei und plappert unentwegt. Manchmal singt sie leise vor sich hin. Und er erklärt ihr die Welt, die sie erkunden. Wenn sie dann zurück sind und das Fahrrad versorgt haben ("Gu'Nacht, Fahrrad!", sagt sie immer), nimmt sie seine Hand und sie gehen zusammen ins Haus. Clara ist eine mäkelige Esserin, oft weigert sie sich etwas zu essen; dann ist immer Michael die Rettung: wenn er sie füttert oder mit ihr zusammen

isst, klappt das. Gisa freut sich darüber und nimmt ihn gern in Anspruch. Frau Elsa scheint beleidigt zu sein, wenn das vorkommt. Oder wenn Clara sie ablehnt und bei ihr nicht "brav" ist. Sie ist auch zunehmend unwillig, wenn er Clara "entführt", wie sie sagt. "Das ist doch keine Freizeitbeschäftigung für einen jungen Mann!", mokiert sie sich. Michael erwidert dann nur, er habe Spaß daran. Was soll er sich lang darüber aufregen.
Noch glücklicher ist er, wenn Kerstin zu diesen Ausflügen mitkommt. Sie ist ein Jahr älter als er und geht auch zum Gymnasium. Ein eher schüchternes Mädchen, unauffällig, aber mit langen Schneewittchenhaaren und blauen Augen und mit großem Interesse an Tieren. Am liebsten würde sie Zoologie oder Tiermedizin studieren und später Zoodirektorin werden, gesteht sie.
"Aber ich werde wohl brav sein und Pharmazie studieren!", meint sie achselzuckend. "Ich soll doch später mal unsere Apotheke übernehmen."
"Aber - aber wo du doch eigentlich ganz was anderes machen willst? Und wenn du vielleicht auch ganz woanders leben möchtest?", erkundigt Michael sich.
Kerstin zuckt mit den Schultern. "Tja, da fragt mich keiner. Ich bin halt die einzige, die in Frage kommt.

Mein Bruder hat zu schlechte Zensuren, der kriegt nie einen Studienplatz." Sie seufzt. "Und Knatsch mit meinen Eltern will ich nicht. Bloß nicht."
Hat Frau Elsa doch recht? Muss man sich bescheiden? Ihm will das nicht in den Kopf.
Die beiden sind bald im Dorf als Paar bekannt. "Wir machen einen Familienausflug!", erklärt Michael, wenn sie mit Clara unterwegs sind. Kerstin strahlt und lächelt und widerspricht nicht, und es ist klar: die beiden werden bestimmt mal heiraten! Michaels Traum.
Doch dann hat Kerstin immer weniger Zeit für ihn. Klar, das kann er verstehen: Abiturprüfungen. Bewerbungen für einen Studienplatz. Zimmersuche am Studienort. Am Telefon ist sie kurz angebunden und weist auf ihr volles Tagesprogramm hin.
Drängeln mag er nicht. Also hält er sich zurück. Irgendwann muss er sich eingestehen, dass das wohl Ausflüchte sind.
In den großen Ferien arbeitet er bei einem Gärtner, harte Arbeit, an die er sich nur schwer gewöhnt. Aber er beißt die Zähne zusammen. Er will das schaffen. Es interessiert ihn auch, er lernt eine Menge. Außerdem lenkt es ihn ab.
Ohne Abschied verlässt Kerstin den Ort, wegen ihres Studiums. Sie haben sich seit Wochen nicht ge-

sehen. Michael bekommt einen Brief, in dem sie ihm erklärt, es sei besser, sich zu trennen. Sie gehe sowieso jetzt weg, und auch er werde im nächsten Jahr die Schule beenden und wegziehen und andere Interessen haben und so weiter.

Michael ist todunglücklich. Er versteht es nicht. Sie waren doch glücklich zusammen, oder nicht? Warum ist das auseinander gegangen? Was hat er falsch gemacht? Hätte er mehr drängeln sollen?

Wo gehört er denn nun hin. Er kommt sich vor wie ein Molekül im Weltall, das nirgends andocken kann.

Wenn er bloß wütend sein könnte.

Erst nach einigen Tagen schafft er es, Chris sein Herz auszuschütten. Sie ist genauso schockiert wie er, kann seinen Schmerz verstehen.

"Da muss doch was dahinter stecken!", meint sie kopfschüttelnd. "Ich kapier das überhaupt nicht."

Wieder wird Silke, die inzwischen fest mit Uwe "geht", hinzugezogen, und es gibt ein richtiges kleines Komplott: Silkes Mutter, die Bäckersfrau, erklärt sich bereit, mal so ganz nebenbei nachzuforschen bei Kerstins Mutter, wenn die im Laden ist und sich die Gelegenheit ergibt. Vielleicht weiß die etwas.

Es erweist sich, dass das keine schwierige Aufgabe ist; Kerstins Mutter erklärt bereitwillig, warum ihre Tochter nicht mehr mit Michael "gehe". Dankenswerterweise habe Frau von Polnicken sie darauf hingewiesen, wie unsicher die Herkunft des jungen Mannes sei, man wisse ja nicht einmal, ob nicht vielleicht...Na ja, sein Aussehen, nicht? Und Musikerin solle die Mutter gewesen sein - also bitte! Und erben werde er natürlich auch nichts, da sei jetzt ja Clara...Nein, das alles habe sie ihrer Tochter vor Augen geführt und ihr dringend abgeraten, schließlich wolle sie ja das Geschäft übernehmen. Natürlich habe Kerstin sehr geweint, aber nun ja, das gehe vorbei. Und sie sei ein braves Mädchen, eine gute Tochter.

Michael ist fassungslos, als Silke das alles erzählt hat. Eine ganze Weile starrt er nur kopfschüttelnd vor sich hin. "Als ob wir noch im 19. Jahrhundert leben würden!", murmelt er. "Ich könnte die Alte erschlagen...Meine Maman..." Endlich kann er weinen.
Zu Hause erzählt er davon nichts. Wenn er gefragt wird, was denn mit Kerstin sei, warum sie nicht mehr komme, murmelt er etwas von Schluss und Studium und Zukunftsplanung. Viel fragen Gert und

Gisa sowieso nicht. Sie sind mit sich selbst beschäftigt, auch hier kriselt es. Das Übliche eben.
Clara geht seit einiger Zeit in den Kindergarten, und die gemeinsamen Ausflüge sind selten geworden.
Bei Michael kommen unweigerlich die Erinnerungen an Kerstin, wenn sie mal unterwegs sind, und das will er nicht.
Aber zu Claras Entzücken bastelt er ihr ein Puppenhaus, und sie darf bei der Arbeit dabei sein. Aus einem großen Karton macht er eine richtige Hütte, in die sie hineingehen kann. Mit einem kleinen Fenster! Und mit einem extra aufgesetzten Dach! Gemeinsam bemalen sie es. Himmelblau, mit einem feuerroten Dach und grünen Fensterläden. *Villa Clara* steht über der Tür. In Dunkelblau.
Bei dieser Arbeit kann er gut über seine Pläne nachdenken.
Frau Elsa geht er, wenn immer möglich, aus dem Weg. Das scheint niemandem aufzufallen. Ihr auch nicht.
Zum 18. Geburtstag bekommt er die Erlaubnis, den Führerschein zu machen. Darauf hatte er eigentlich schon lange hingefiebert. Aber jetzt absolviert er den Kurs freudlos. Schon nach der ersten Prüfung hat er den Schein. Erst da feiern sie seinen Geburtstag und gehen essen in ein französisches Restau-

rant, das es seit einiger Zeit in der Stadt gibt. Papa, Gisa, Clara und er. Ohne Frau Elsa. Das hatte er sich gewünscht. Paps spendiert sogar Champagner, und alle stoßen lächelnd mit ihm an, als er darum bittet, auf seine Maman zu trinken.

Für die Sommerferien kauft er sich ein Interrail-Ticket für vier Wochen. Es ist das erste Mal, dass er so lange allein reist. Aber er weiß genau, was er will. Hat einen Plan.

Am ersten Ferientag nimmt Gert ihn morgens mit, um ihn samt seinem vollgepackten Rucksack zum Bahnhof zu bringen. Die Fahrt ist kurz, beide schweigen. Dann stehen sie auf dem Bahnhof. Gert sieht zu seinem Sohn und schüttelt den Kopf.

"Irgendetwas bedrückt dich, Micha,", sagt er und legt ihm den Arm auf die Schulter. "Ist es wegen Kerstin?"

Michael schüttelt den Kopf, nickt, zuckt die Schultern. Er sieht zu Boden. Reden kann er nicht. Er fühlt, dass der Blick seines Vaters noch immer auf ihm ruht.

Sie stehen schweigend nebeneinander.

Der Zug wird angekündigt.

Ich bin ein Feigling, denkt Michael, aber ich kann nicht. Ich kann es ihm nicht sagen.

"Danke!", flüstert er, als sein Vater ihn umarmt. "Danke für alles, Papa!" Er muss jetzt schnell weg, sonst fängt er an zu heulen.

Sein Vater hält ihn lange fest.

"Wir werden wieder mehr miteinander machen!", murmelt er. "Alles wird besser, Michael. Ganz bestimmt." Er lässt seinen großen Jungen los. Sie sehen sich an.

Dass es das letzte Mal ist, wissen sie nicht.

Den Brief an seinen Vater wird Michael erst abschicken, wenn wirklich alles geregelt ist.

> *Lieber Paps,*
> *ich werde nach den Ferien nicht wieder zurück kommen. Das ist besser für uns alle.*
> *Ich bin jetzt erwachsen, wie Frau Elsa festgestellt hat, und sie hat insofern recht, als ich von nun an allein klar kommen kann. Muss. (Das ist vermutlich die einzige Wahrheit, die sie je über mich von sich gegeben hat.) Ich möchte nicht länger eine Belastung für Euch sein. Und ich komme nicht an gegen den boshaften Klatsch von dieser Frau, mit dem sie meine Maman und mich verleumdet. Ich will das nicht mehr aushalten. Mein liebster Paps, ich danke dir und Euch. Sehr!*

Große Bitte: forscht mir nicht hinterher. Bitte nicht. Ich geh schon nicht unter. Ganz bestimmt nicht. In der Schule habe ich mich abgemeldet. Meine Papiere habe ich bei mir.

Wollen wir uns einfach, sagen wir, in zehn Jahren wieder treffen? Ich verspreche, dann werde ich mich melden bei Dir.

Clara gib ein Küsschen von mir. Gisa tausend Dank. Mir ist bewusst, dass sie viel auf sich genommen hat, als Ihr mich aufgenommen habt. Ich hoffe, Euer Leben wird jetzt leichter.

Dein Michael

Es war nach Mitternacht, als Michael so weit erzählt hatte.
Jetzt war er verstummt. Auch die beiden Frauen schwiegen.
Keiner hatte das Bedürfnis gehabt, Licht anzumachen. Sie konnten in der Helligkeit der Nacht ihre Gesichter erkennen, das genügte. Von draußen war kaum ein Geräusch zu ihnen herein gedrungen; nur selten war ein vorbeifahrendes Auto zu hören gewesen. Erst jetzt, in der Stille, nahmen sie wahr, dass der Wind stärker geworden war.
Zwischendurch hatte es einmal eine Pause gegeben, als Michael den schlafenden Jules in ein anderes Zimmer getragen hatte. Antoine war aufgewacht, aus dem Sessel gekrabbelt und hinter den beiden her getrottet.
Valérie hatte den dreien nachgeschaut. Dann hatte sie sich zu Clara gebeugt, ihr sanft die Hand auf den Arm gelegt.
"Es ist ein Segen, dass Sie gekommen sind, Clara!", hatte sie leise gesagt. "Er hat nie davon geredet. Niemals. Nichts."
Michael war zurückgekommen und hatte weitererzählt.

Und nun saßen sie stumm beieinander. Michael hatte sich zurückgelehnt, die Arme auf dem Rückenpolster ausgebreitet, die Augen geschlossen. Er schien erschöpft. Nach einer Weile atmete er tief durch und schlug die Augen auf. Er sah einen Augenblick zum Fenster hinaus, dann wandte er sich wieder den beiden Frauen zu.
"Die Idee, hierher zu Grandpapa zu gehen, kam übrigens von Sabine, Mamans Freundin. Zu ihr hatte ich Kontakt aufgenommen, zu ihr bin ich zuerst gefahren." Er grinste. "Natürlich wollte ich eigentlich zur See fahren, wie sich das gehört, hatte mich auch schon bei einer Reederei erkundigt. Südsee. Südamerika. Sowas spukte mir im Kopf rum. Bloß weit weg. Aber letztlich fehlte mir dafür doch der Mut, und Sabine musste nicht viel Überredungsenergie aufwenden, um mich auf diesen Weg zu bringen." Er sah zu Valérie. "Was für ein Glück, dass sie mir die Seemannspläne ausgeredet hat, oder?" Valérie nickte lächelnd. Sie hätte ihn gern umarmt, aber sie hatte das Gefühl, jetzt nicht in seine Erinnerung einbrechen zu sollen.
Clara konnte nichts sagen. In ihr war Verwirrung. Schmerz. Sie sah ihren Bruder an, und zugleich sah sie vor sich ihre Großmutter. Ihr Großchen Elsa, die sie geliebt hatte. Der sie so viel Gutes verdankte. Die

zugleich die Frau war, die ihr den Bruder fortgetrieben hatte.
Sie empfand Trauer und Mitleid. Mitleid mit dem kleinen Jungen. Mitleid mit seinem Vater, der auch ihr Vater war. Und auch Mitleid mit sich selbst.
Sie senkte den Kopf. Dann stand sie auf und ging zum Fenster. Ihr Bruder sollte sie nicht weinen sehen. Er hatte doch viel mehr Grund dazu.
Sie spürte, dass er hinter sie trat. Er legte ihr seine Hände auf die Schultern.
"Nichts davon habe ich gewusst!", schluchzte sie. "Warum haben sie mir nichts erzählt. Das ist so gemein."
Nach einer Weile kramte sie ihr Taschentuch hervor und schneuzte sich. Das Schluchzen ließ nach. Mit etwas weniger wackliger Stimme redete sie weiter, ohne sich umzudrehen.
"Weißt du, Großmama Elsa, das war für mich die liebste Großmama der Welt!" Sie schniefte. "Wie hochmütig sie war und voller Dünkel, das hab ich erst spät kapiert. Als es um meine oder Mamas Freunde ging. Aber dass sie so boshaft sein konnte..."
Eine Pause entstand. Michael sagte nichts. Er ließ seine Hände, wo sie waren, und allmählich wurde Clara ruhiger.

"Wie sehr muss Paps unter ihr gelitten haben!", flüsterte sie schließlich.

"Ja,", bestätigte Michael leise.

Er schien noch etwas sagen zu wollen, unterließ es aber.

"Lass uns morgen weiterreden, Clärchen!", schlug er schließlich vor. Seine Schwester nickte, putzte sich die Nase und wischte sich die Tränen ab. Valérie und sie verabschiedeten sich mit einer langen Umarmung. Dann brachte Michael sie zum Hotel. Das Auto ließen sie stehen. Es tat gut zu laufen. Der Wind blies jetzt kräftig und sehr kalt. Sie gingen und schwiegen und spürten, wie der Tag in ihnen weiterarbeitete und wohl nur sehr allmählich zur Ruhe kommen würde.

Der nächste Tag war hell und klar, der Mistral hatte alles Trübe weggefegt. Clara hatte in einem Café ein bisschen gefrühstückt, dann war sie in der Stadt herumgelaufen. Es erfrischte sie - aber von der Stadt selbst nahm sie kaum etwas wahr. Immer noch waren ihre Gedanken bei dem gestrigen Abend, bei Michaels Geschichte. Doch allmählich wuchs auch ein Glücksgefühl in ihr - das Glück, den Bruder gefunden zu haben...

Sie hatte nachts noch Markus angerufen und ihm trotz der späten - frühen - Tageszeit wenigstens in kurzen Zügen erzählt. Nein, nein, das sei nicht nötig, wehrte sie ab, als Markus ihr anbot, doch noch zu kommen. Lieber sollten sie später hierher fahren, zu Besuch, wenn alles sich etwas beruhigt hatte. Na gut, hatte Markus zugestimmt, aber neugierig sei er schon! Und ob sie, wie eigentlich geplant, zu Silvester zurück sei? Das versprach sie ihm. "Du fehlst mir schon, mein Lieber!", gestand sie. "Gerade jetzt. Genau in diesem Augenblick."

Michael holte sie mittags ab. Er wolle mit ihr dorthin fahren, wo er zuerst gelebt habe hier in Frankreich. Ob ihr das recht sei. Oh ja, das wollte sie sehr gern. Und - er hat noch irgendetwas auf dem Herzen, dachte sie, aber vielleicht bin ich auch schon überempfindlich jetzt.
Sie fuhren in Richtung Gebirge, aber Clara nahm wenig von der Landschaft wirklich wahr. Michael berichtete vom Haus des Großvaters, das er ihr zeigen wollte und das dort am Rand des Gebirges lag, unweit eines Dorfes am Gard.
"Es ist schon lange in Familienbesitz!", erklärte er. "Oft war es ein Refugium für Geflüchtete. Zuerst für Protestanten. Später auch für Juden. Und dann für

mich." Er lachte. "Vielleicht ziehe ich irgendwann ganz dorthin. Es gehört uns Cousins zusammen. Maman war gern hier, hat Grandpapa mir erzählt." Er sah kurz zu Clara hinüber. "Viel Platz für Besuch gibt's da auch, Schwesterchen!"
Dann erzählte Michael von seinem Großvater, der sehr glücklich gewesen sei, dass sein Enkel den Weg zu ihm gefunden hatte. Sabines Vermutung sei ganz richtig gewesen. Er - Michael - sei erstaunt gewesen über die Vorurteilslosigkeit des alten Mannes gegenüber den Deutschen. Über Michaels deutschen Vater habe er sich nur anerkennend geäußert - welcher andere Mann hätte schon so eine Aufgabe angenommen, ohne dazu verpflichtet gewesen zu sein: ein Kind großzuziehen? Außerdem habe er Claire geliebt, und schon das spreche für ihn. Wenn sein eigensinniges Töchterchen doch bloß nicht so störrisch gewesen wäre und diesen Gert geheiratet hätte. Um Claire habe Grandpapa bis zu seinem Tod getrauert. Von ihm habe er endlich auch mehr über seine Maman erfahren.
Sie bogen von der Straße in einen rumpeligen Waldweg ab, der in einem weiten Bogen leicht anstieg. Schließlich öffnete er sich auf eine ebene Lichtung.

Clara entfuhr ein staunendes "Boah!", als das Haus in Sicht kam. Niemals hätte sie hier, mitten im Wald, so ein großes Gebäude erwartet. Es war ein schlichter, schmuckloser Bau. Der ockerfarbene Putz war an mehreren Stellen rissig oder schon abgefallen; das Grün der Holzläden vor den schmalen hohen Fenstern war beinahe zu Grau verblichen. Aber das Dach war neu gedeckt, das hatte etwas Tröstliches. Baumaterialien lagen bereit, sorgfältig abgedeckt.
"Tja, ist noch viel Arbeit!", bemerkte Michael kurz, ehe er ausstieg. "Komm!" Über knirschenden Kies gingen sie um das Haus herum zu einem Seiteneingang. "Die Küche!", erklärte Michael, während er aufschloss.
Sie traten in den ebenerdigen dämmrigen Raum. Clara sah sich neugierig um. Unter den beiden Fenstern stand eine lange schwere Holzbank, davor ein riesiger Tisch. An der Schmalseite der Küche thronte ein altes Küchenbuffet aus dunklem Holz, gekrönt von einem reichlich bestückten Tellerbord. Es gab einen großen Kühlschrank und einen modernen Gasherd, aber auch der alte Küchenherd mit weiß emaillierten Türen stand noch da, der wohl mit Holz und Kohle zu beheizen war. Alles sah aus, als würde es augenblicklich auch benutzt.

"Hier sind wir zuerst drangegangen!", bestätigte Michael diesen Gedanken. "Die anderen Arbeiten haben Zeit. Aber ohne Kaffeepausen und ohne gutes Essen geht gar nichts!" Er grinste.

Dann führte er sie durchs Haus. Die Räume, in denen wegen der geschlossenen Fensterläden Dämmerlicht herrschte, wirkten geheimnisvoll und märchenhaft, mit den riesigen polierten Schränken, Kommoden und Betten und den üppigen schweren Vorhängen. In den schmalen Fluren brannten nur einzelne Glühbirnen; sie beleuchteten lange Reihen leerer Bücherregale, die fest eingebaut waren.

"Wir mussten die Bücher alle rausnehmen und wegpacken.", erklärte Michael. "Da hatten sich an manchen Stellen schon Schädlinge eingenistet."

Er war unterdessen immer schweigsamer geworden. Etwas beschäftigt ihn, dachte Clara. Aber - kein Wunder. Mir geht's genauso... Sie betrachtete ihn beim Hantieren. Die kräftigen Hände. Sein Gesicht, das sie immer wieder ansehen musste, weil es dem ihres Vaters so ähnlich war: die gerade, schmale Nase mit einem ganz leichten Stups, das weich abgerundete Kinn, der weiche Mund. Ob er wohl auch das Depressive seines Vaters geerbt hatte? Seine Mutter war wohl eine eher lebensfrohe Frau gewesen, jedenfalls war ihr das in seiner Erzählung gestern Abend so erschienen. Seine Mutter. Sie musste sich noch an den Gedanken gewöhnen, dass es da noch eine Mutter gab. Noch eine Frau ihres Vaters... Derweilen waren sie in das obere Stockwerk gestiegen.

"Das hier war mein Zimmer." Michael öffnete die beiden Fenster und stieß die Fensterläden auf.
Es war ein großer Raum. Auch hier standen die schweren alten Möbel, aber unter einem Fenster lag eine große Arbeitsplatte auf zwei Böcken. Nichts erinnerte an einen jugendlichen Bewohner. Keine Bilder, keine Bücher, kein Kram.

Sie standen nebeneinander am Fenster und sahen hinaus. Die Bäume reichten bis dicht ans Haus heran, aber dort rechts war auch ein Garten, ein dem Wald weggenommenes Stück Land, mit Hecken eingefasst, ziemlich verwildert.

"Ein bisschen wie im Märchen.", sagte Clara. "War es immer so? Ich meine, auch damals?" Sie wollte sich so gern das Leben ihres Bruders vorstellen könnnen. Die Zeit wiederfinden...

Michael überlegte ein paar Augenblicke, ließ den Blick durch die kahlen Bäume wandern. "Vielleicht. Kann sein,", erwiderte er achselzuckend. "Ich hatte, glaube ich, dafür nicht so viel Sinn. Ich war sehr mit mir beschäftigt. Mich hier einzufinden. Und - mein

Heimweh zu bekämpfen." Das letzte sagte er leise.
Dann schwieg er. Sie ließen sich beide auf der Fensterbank nieder. "Wo ich nun wirklich zu Hause bin, weiß ich auch jetzt noch nicht.", fuhr er nach einer Weile fort. "Hört sich komisch an, nach fast dreißig Jahren hier, nicht?"
Clara sah ihn nachdenklich an. "Vielleicht, weil deine Wurzeln immer wieder rausgerissen worden sind.", sagte sie dann. "Vielleicht, weil man sich dann irgendwann nicht mehr traut, die Wurzeln festzumachen." Sie schwieg und dachte nach. "Ich weiß es nicht. Vielleicht kann man das nur - bei Menschen? Die Wurzeln fest machen, meine ich."
Sie sahen sich an. Dann fragte Clara leise: "Und Valérie?"
Es schien so, als würde er lächeln, aber er zuckte die Schultern und sagte nur: "Vielleicht." Dann rutschte er von der Fensterbank und ging zu der Arbeitsplatte.
Erst jetzt bemerkte Clara, dass dort ein flaches Paket lag, graubraun eingeschlagen, mit Bindfaden verschnürt. Trotz seiner altertümlichen Verpackung sah es aus, als hätte es eben erst ein Bote dort abgelegt.

Michael nahm es auf und hielt es mit beiden Händen wie eine Kostbarkeit. Er sah Clara an. Seine Augen waren sehr dunkel.
"Das hat Paps zu Sabine gebracht.", sagte er leise. Seine Stimme zitterte. "Ungefähr" - er räusperte sich - "zwei oder drei Jahre, nachdem ich abgehauen war. Ich hab mich nie getraut, es aufzumachen."
Clara stockte der Atem. Sie starrte ihn mit großen Augen an.
Michael setzte sich auf das kahle Bett. Seine Hände lagen auf dem Paket. Mit gesenktem Kopf sprach er weiter.
"Seit - na ja, bestimmt zwanzig Jahren hat es hier auf dem Dachboden gelegen. Uwe hat es einmal mitgebracht, damals. Die Geige liegt noch da oben." Er hob den Kopf und wandte sich Clara zu, die immer noch erstarrt auf der Fensterbank saß. "Ich hatte Angst, es aufzumachen."
Clara schaffte es den Kopf zu schütteln. "Aber warum denn?"
"Ich glaube - ich fürchtete, es könnte irgendwie bedeuten, dass - na ja, dass er mit mir - Schluss machen wollte." Er lachte verlegen auf. "Hört sich bescheuert an, ich weiß. Wie - wie bei einer Liebesbeziehung." Seine Hände streichelten das Paket. Clara

setzte sich neben ihn und legte eine Hand auf die seinen.

"Micha! Ausgerechnet Paps!"

Ihr Bruder zuckte mit den Schultern.

"Als dann die Nachricht kam von seinem Tod, das war ja ein paar Monate, bevor wir uns wiedersehen sollten, nach meinem Plan - da packte mich der Gedanke, das wäre meine Strafe. Dafür, dass ich abgehauen bin." Er schüttelte den Kopf. "Kindisch, ich weiß. Aber das hat mich nicht losgelassen."

Sie schwiegen und sahen aus dem Fenster. Der scharfe Wind schüttelte die kahlen Kronen der alten Bäume. Eine große Fichte bog sich demütig. Der Himmel war von einem blassen kalten Blau.

Michael wandte sich wieder zu seiner Schwester und sah ihr in die Augen.

"Hast du eigentlich jemals gedacht, Paps' Unfall könnte ... könnte..."

"Nein!"

Die Geschwister blickten sich an. Dann senkte Clara den Blick und runzelte die Brauen. Bilder tauchten in ihrem Kopf auf, in rasendem Wechsel, wie ein Film mit hektischen Schnitten. All die grauen Stunden während der Reisen. Seine Tränen auf ihre Frage hin. Der Abend mit der entsetzlichen Nachricht. Sie atmete tief auf.

"Weißt du, er hatte wohl depressive Phasen, so würde ich das jetzt benennen.", sagte sie langsam. "Aber das," - sie mochte das Wort nicht aussprechen - "nein, das glaub ich nicht!", erklärte sie mit fester Stimme und schüttelte energisch den Kopf. Sie zeigte auf das Paket, das auf Michaels Knien lag. "Los. Mach das auf. Vielleicht erfahren wir etwas. Egal was. Alles besser als Vermutungen. Und Ängste."
Über Michaels Gesicht flog ein Lächeln.
"Als ich die Nachricht las, dass du kommst, dachte ich mir: Vielleicht kann ich es mit dir zusammen schaffen. Es auspacken, meine ich." Jetzt grinste er, erleichtert. "Siehst du, ich kenne dich doch noch ganz gut. Du warst als Kind ein ganz schön eigensinniges Wesen!"
Clara lachte, stieß ihn an und stand auf. "Komm, großer Bruder. Lass uns das unten in der Küche auspacken. Da ist es doch etwas wärmer, glaube ich. Und - vielleicht hast du da einen Schnaps? Für alle Fälle."

Wenig später saßen sie auf der Bank hinter dem schweren Küchentisch. Michael hatte den Backofen des Gasherdes angezündet, um ein wenig Wärme zu bekommen. Aus der Vorratskammer hatte er eine

Flasche ohne Ettikett mit einer klaren Flüssigkeit geholt - "Selbstgebrannter, von einem Weinbauern aus der Gegend!" - und Gläser dazu gestellt und sie gefüllt. Für alle Fälle.

"Also.", murmelte Michael und schnitt die Schnur durch, mit der das Paket verschlossen war. Langsam entfaltete er die Verpackung.

"Pffff....", machte Clara. "Aufregend."

Schließlich lag der Inhalt ausgebreitet vor ihnen. Es war nicht viel.

Ein Fotoalbum. Zwei Kinderbücher: "Das kleine Gespenst" und "Jim Knopf und Lukas der Lokomotivführer". Drei dicke Hefte mit festem, marmoriertem Umschlag. Ein abgegrabbeltes mageres Stofftier.

Das alles war eingeschlagen gewesen in eine kleine fadenscheinige weiße Wolldecke mit roten Punkten. Und da war ein Briefumschlag. Darauf in der Handschrift ihres Vaters "für Michael!".

Eine ganze Weile saßen sie stumm vor den Sachen. Dann nahm Michael das kleine Stofftier in die Hand. "Mein Angsthäschen!", flüsterte er. "Hat Maman mir mal geschenkt. Damit ich keine Angst hatte, wenn ich alleine blieb. Sie hatte ja oft abends Konzert." Er strich über das kleine Tier, dann legte er die Hand auf das Album. "Mein Kinderalbum!", erklärte er. Seine Stimme war belegt. "Das lass uns lieber später angucken."

Zögernd nahm er den Briefumschlag in die Hand. Er sah Clara an, hob die Augenbrauen und holte tief Luft. Dann öffnete er den Umschlag und zog ein eng beschriebenes Blatt heraus.

Er atmete erleichtert auf, als er fertig war, und murmelte nur "Armer Paps!" Dann reichte er Clara den Brief, sichtlich bewegt.

Clara las. Las die Handschrift ihres Vaters. Hörte ihn, während sie las. Es war so unwirklich.

> *Mein lieber Junge,*
> *sei nicht sauer, dass ich einfach Sabine angerufen habe; ich hatte gehofft, dass Du mit ihr Kontakt aufgenommen hättest. Was sich als richtig herausgestellt hat. Ganz schön schlau, dein alter Vater, was? Sabine hat sich aber an deinen Wunsch nach Verschwiegenheit gehalten und mir nicht gesagt, was Du vorhast, wo Du bist.*
> *Der Grund für dieses Päckchen ist ganz einfach: Frau Elsa ist offensichtlich bestrebt, Deine Spuren hier im Haus möglichst zu beseitigen. Vor ein paar Tagen war der Hampelmann, den Du für Clara ausgesägt hast, verschwunden. Auch einige der Papphäuschen sehe ich nicht mehr. Clara weinte und bekam zum Trost so eine grässliche Puppe mit*

*spitzen Brüsten und langen Beinen im eleganten
Kleid. Den Hampelmann fand ich im Müll. Es gab
einen Riesenkrach, die Alte tat mal wieder ganz
harmlos, verplapperte sich aber. Ich war (und bin)
so wütend!*

*Da ich nicht ständig zu Hause bin und mein Arbeitszimmer nicht abschließen will, habe ich mich
entschlossen, einige Dinge, die Du vielleicht aufbewahren willst, in Sicherheit zu bringen. Nach einigem Nachdenken fiel mir Sabine ein. Auch die Geige
Deiner Mutter werde ich mitnehmen zu ihr. Die alte
Hexe ist in der Lage und verkauft sie.*

*Leider ist Gisa ihr nicht gewachsen und steckt in einer ewigen Klemme zwischen mir und ihrer Mutter.
In den Tagebüchern habe ich nicht gelesen, ich
schwöre es! Obwohl ich schwer in Versuchung war.
Micha, ich vermisse Dich so sehr. Das Gefühl, versagt zu haben, Dir gegenüber, Claire gegenüber, das
bedrückt mich. Dich nicht genug geschützt zu haben. Ich habe Angst, Du könntest mir ewig böse sein.
Mir das nicht verzeihen.*

*Trotzdem: ich kann Deine Entscheidung gut verstehen und respektiere sie. Bloß bitte ich Dich, wenn's
nicht gut läuft, komm wieder zurück. Bitte!!!! Jedenfalls freue ich mich jetzt schon auf ein Wiedersehen,
wie Du es versprochen hast. Ich werde jedes Silves-*

*ter besonders genießen! Und ich werde das Motor-
rad in Schuss halten. Dann machen wir eine Tour,
und wenn du willst, lese ich Dir abends aus dem
"Kleinen Gespenst" vor. Wie früher.*
Ich umarme Dich!
Dein Paps

Als Clara den Brief fertig gelesen hatte, musste sie ein paar Mal schlucken. Dann atmete sie tief durch. Sie legte das Blatt vor sich auf den Tisch und strich einige Male mit der Hand darüber. Schließlich legte sie es, ohne es wieder zusammenzufalten, auf die anderen Sachen.
Ein paar Minuten saßen sie schweigend nebeneinander, waren sich ganz nah. Wenn doch ihr Vater hier wäre. Diese Sehnsucht.
Schließlich schob Clara ihren Arm unter den des Bruders. Sie sahen sich an.
Clara lächelte. "Besser?", fragte sie.
Michael nickte und lächelte ebenfalls. "Viel besser.", antwortete er. "Leichter. Alles."
Clara griff aufatmend nach einem der Gläschen.
"Dann,", schlug sie vor, "auf unseren Paps!"
"Auf unseren Paps!", lachte Michael und nahm sich das andere Glas.
Das Schlückchen Grappa hatte Clara mutig gemacht.

"Wollen wir?" Sie deutete auf das Fotoalbum. "Oder möchtest du es lieber erstmal allein ansehen?" Michael schüttelte den Kopf. "Lieber mit dir zusammen."
Er zog das Fotoalbum zu sich heran und schlug es auf. Da war das Baby Michael, seine Mutter Claire, auch ein Künstlerfoto von ihr mit ihrer Geige; die Einschulung; und dann wuchs noch einmal die neue Familie zusammen: Da saßen Gisa und Michael braungebrannt am Meer, vor sich eine Strandburg, mit Muscheln bestückt; da saßen Michael und sein Vater auf dem Motorrad, einmal sogar Michael allein, sehr stolz! Michael mit Gisa im Garten. Michael und Uwe nebeneinander, die Arme um die Schultern gelegt; ein ganze Kinderhorde, die Geburtstag feierte. Und schließlich stand da der Vierzehnjährige mit seiner gerade geborenen Schwester auf den Armen. Und, natürlich, Clara im Fahrradkörbchen, mit Michael, bereit zum Start, beide lachend. Und immer wieder Michael mit seinem Vater. Auf einmal waren alle da und gehörten zusammen, Claire und Gisa und Gert und die beiden Kinder, die sich endlich wiedergefunden hatten. Jetzt, genau jetzt, waren sie Geschwister. Jetzt war es wirklich so.

Es dämmerte, als sie das Haus verließen. Michael hatte all die Sachen wieder sorgfältig erst in die Babydecke und dann in das Packpapier gewickelt. Clara durfte es zum Auto tragen.
Sie sah noch einmal zurück, ehe sie in den Waldweg einbogen.
"Ich würde gern wieder hierher kommen!", sagte sie. "Es ist - ja, ein guter Ort."
"Ja,", nickte Michael. "Ich glaube, mir ist er jetzt sogar noch lieber."

Sie waren viel zu aufgeregt, um Hunger zu haben. Michaels halbherziger Vorschlag, vielleicht irgendwo etwas essen zu gehen, wurde von Clara sofort mit einem Kopfschütteln abgelehnt.
Als sie zu Hause waren, rief er bei Valérie an und berichtete kurz vom Tage. Den Abend wolle er gern mit seiner Schwester allein haben, es gebe so viel zu reden, sie solle nicht böse sein. Es war offensichtlich, dass Valérie nicht böse war. Michaels anfangs etwas besorgter Gesichtsausdruck hellte sich zusehends auf, und er grinste, als er sich wieder zu Clara setzte.
"Sie hätte sich gern von dir verabschiedet, aber morgen muss sie arbeiten. Sie hat mir eingeschärft, ich solle dich einladen, am besten schon fürs Früh-

jahr." Er lachte. "Was ich hiermit tue. Und - ", er wurde ernst, "wir sollten bloß nicht vergessen, uns bei Gisa zu bedanken. Wie auch immer wir das anstellen wollten. Sie habe dich schließlich geschickt."

Es war ein anderer Michael, der sich am Nachmittag des folgenden Tages von Clara verabschiedete. So viel gelöster, freier erschien er ihr.
Es war eine glücklichere Clara, die ihren Bruder zum Abschied umarmte.

Bis zum Frühjahr, dann.